# 怪物大師人物介紹

## BUBURO
## 布布路

從小與守墓人爺爺一起生活在墓地，因為父親的各種負面傳言，一直受到村裏人排擠，但布布路從不自卑，內心深處相信自己的父親是一位了不起的人物。為了實現自己的夢想以及尋找失蹤父親的消息，他毅然離開家鄉，前往摩爾本十字基地，參加怪物大師預備生的試煉。

關鍵詞：單細胞動物、樂觀、熱血

## SELINA
## 賽琳娜

出生商人世家的大小姐，卻一點都沒有大小姐的架子，與布布路一樣來自「影王村」，個性豪爽，有點驕傲，對待布布路一視同仁，從不排擠他，只因為她更在乎的是推廣村裏的生意。賽琳娜的目標是收集世界上所有類型的元素石，並熟練掌握這些元素石的運用。

關鍵詞：大姐頭、敏捷、愛財

## DICKY
## 帝奇・雷頓

臉上總是掛着陰沉表情的瘦小男生。帝奇的存在感薄弱，不注意看的話就找不到人了，但是他身邊跟着一隻非常招搖拉風的怪物——成年版的「巴巴里金獅」。對於是非的判斷他有自己的準則，不太相信別人，性格很「獨」。

關鍵詞：豆丁、酷、毒舌

## JIAOZI
## 餃子

在去往摩爾本十字基地的路上，勾搭認識上布布路，戴着狐狸面具，看不出喜怒哀樂，從聲音來聽，似乎總是笑嘻嘻的，高調宣揚自己身無分文，賴着布布路騙吃騙喝，在招生會期間對布布路諸多照應。

關鍵詞：狐狸面具、神祕、圓滑

冒險、正義、寶藏、名譽……

志向遠大的人啊，

從心底發出呼喚吧，

召喚那來自時空盡頭的怪物，

賭上所有的「夢想」、「勇氣」、「尊嚴」，甚至「生命」，

向着成為藍星上最傳奇的怪物大師的目標前進吧！

—— 《怪物大師》題記
MONSTER MASTER

# 【目錄】CONTENTS
## 《穿越時空的怪物果實》

**Especially written for kids aged 9 — 14** （專為9-14歲兒童製作）

- 【扉頁彩圖】ART OF MONSTER MASTER
- 人物介紹：布布路 / 賽琳娜 / 餃子 / 帝奇

# MONSTER MASTER

「怪物大師」無盡的冒險
The Monster Fruits That
Pass Through The Space

● 第一部 ● 穿越時空的怪物果實

| 引子 | 藍星的英雄傳說 | 004 |
| 第一站（STEP.01） | 影王村，背棺材的少年 | 007 |
| 第二站（STEP.02） | 奇怪的綠疹病 | 015 |
| 第三站（STEP.03） | 地獄歸來的信使 | 026 |
| 第四站（STEP.04） | 戴面具的傢伙 | 037 |
| 第五站（STEP.05） | 珍珠大峽谷 | 051 |
| 第六站（STEP.06） | 怪物果實爭奪戰 | 060 |
| 第七站（STEP.07） | 神祕的摩爾本十字基地 | 070 |
| 第八站（STEP.08） | 各自孵化 | 080 |
| 第九站（STEP.09） | 集合！怪物大盤點 | 092 |

## 怪物大師最愛珍藏

1. 下部預告 …… 209
2. 影王村生存大冒險 …… 210
3. 未能述說的世界 …… 214
4. 「怪物大師」四格漫畫小劇場 …… 216
5. 「怪物對戰牌」使用說明書 …… 218

# SECRET GAME

MONSTER WARCRAFT
（隨書附贈「怪物對戰牌」）

# 穿透文字的「堅強」與「感動」！

DREAM　ADVENTURE　COURAGE　FRIENDSHIP

# 夢想＋冒險＋勇氣＋友誼

「怪物」與「人類」、「勇氣」與「挫折」、「信仰」與「背叛」、「戰鬥」與「思考」……是心靈的冒險，還是意志的考驗？
請與本書的主人公一同開啟奇幻之門，一起去追尋人生中最珍貴的夢想吧！

第十站（STEP.10）
雙子兄弟的「刁難」……… 100

第十一站（STEP.11）
獨樹一幟的戰鬥方式……… 113

第十二站（STEP.12）
布布路的全面攻擊……… 123

第十三站（STEP.13）
帝奇的決斷……… 135

第十四站（STEP.14）
東塔樓探祕……… 144

第十五站（STEP.15）
霉到不行的背運籤……… 154

第十六站（STEP.16）
死亡墓地的陷阱……… 163

第十七站（STEP.17）
可怕的七彩羽翼……… 171

第十八站（STEP.18）
科娜洛的真面目……… 178

第十九站（STEP.19）
惡魔之子……… 186

第二十站（STEP.20）
最後的試煉之門……… 197

## 把世界的謎團串起來！
# MELODIES OF LIFE

這裏是獨一無二的腦細胞幻想地帶，孩子們其樂無窮的樂園。
每部一個練膽故事，它們以神祕莫測的魔力，俘虜着人們的好奇心。
有人說，唯一的抵抗方法，就是閱讀
請翻開這本書吧，讓人心動的世界正在向你招手……

# 愛與夢想的「新世界冒險奇談」！

# 引子

—— CREATED BY LEON IMAGE ——
LOVE & DREAMS

# 藍星的英雄傳說
## MONSTER MASTER 1

　　不計其數的星球如五顏六色的寶石，散落在浩瀚無垠的宇宙中，沿着固定的軌跡緩緩運行。

　　在銀河系邊緣的太陽系裏，有這樣一顆星球，它神祕又美麗，宛若最上等、最璀璨的藍色寶石，你只要看一眼，就會被它深深迷住。

　　它就是藍星。

　　在藍星水藍色的海洋外殼上，漂浮着數塊巨大的陸地，

連綿起伏的山脈，一望無際的平原，縱橫交錯的江河，星羅棋佈的湖泊，廣闊而豐饒的大地孕育出了擁有高度智慧和文明的人類。除了人類以外，藍星上還存在一種神奇生物，它們來自時空的盡頭。這些生物樣貌、品行、能力各不相同，有些性格溫和，對人類友善親近；有些卻殘暴野蠻，對人類具有攻擊性。

人類將它們統稱為 —— 怪物。

數萬年來，人類始終探索着如何與怪物相處和共存。在人類探索的路上，一種特殊的職業應運而生。

每當人類遭遇重大災難或者歷史性事件的時候，就會出現一羣神祕的勇士，他們驍勇善戰、機智勇敢，能夠化解一切危機。他們如同黑暗中的明燈，照亮人類前進的道路，是人類最為信賴的守護者。

他們就是藍星上最最令人尊敬的「怪物大師」。

在這些怪物大師中，有十個傳奇般的精英。他們強大得似乎只能存在於傳說中。

今天我要講的就是其中之一 —— 焰角・羅倫的故事。

很多很多年前，藍星上最大的琉方大陸還是一片荒蠻之地，就像一隻沉睡的巨獸橫臥在靛藍的海洋中間。這裏盜賊橫行，各種兇殘的猛獸遍佈鄉野，人類只能在亂世中飽受欺凌，苟且求活。直到一個叫焰角・羅倫的人出現，他從時空盡頭召喚出火元素的始祖怪物「炎龍」，與它簽訂生死契約，雙方互為同伴，並肩戰鬥，趕走了強盜，降伏了猛獸，連接了

交通，琉方大陸從此邁向了文明的進程。之後，焰角·羅倫與炎龍四處歷險，直到他的名字響徹整個琉方大陸。

人們打從心底裏佩服他的氣度與能力，將他和另外九個不同時代，卻同樣了不起的怪物大師一起尊稱為「十影王」。一直以來，「影王」之稱便是所有怪物大師的終極奮鬥目標，它象徵着一種至高無上的榮譽。

後人再提到焰角·羅倫的故鄉，自然不會將它再當作一個默默無聞的村子，而是賦予了它一個榮譽的新名字——

影王村。

我們的故事，就從這個小小的村落開始。

## 穿越時空的怪物果實
### MONSTER MASTER 1

**新世界冒險奇談**

第一站 STEP.01

# 影王村，背棺材的少年
## MONSTER MASTER 1

### 加油！布布路

「哩咕！哩咕！哩咕！」

　　清晨五點，老舊的瓦片屋頂上粉紅色的三頭鳥伸長脖子喚醒了黎明，幾隻漂亮的蝴蝶在青草野花間翩翩飛舞，青色的霧氣還來不及散開。遠處，朦朦朧朧的樹林的剪影勾勒出影王村參差錯落的古老輪廓，猶如一幅美麗的風景畫。

　　突然，一團陰氣森森的黑影出現在畫面裏，順着狹窄的山間小路，快速朝村子的方向移動，稠密的樹林在兩側顛簸

着快速後退。

　森林裏的小動物們頓時驚恐地四散而逃，它們害怕的並不是獵人的武器，而是一陣魔音穿耳的恐怖歌聲。

　「山裏有個布布路，墓地為房屍為伴，鬼火照亮我家門，屍骨陪着我長大。你別怕你別怕，家中有難我來幫！別躲別躲你別躲，我可不是大怪物！」

　隨着難聽的歌聲愈來愈清晰，黑影愈來愈近了——咦，原來是個十來歲的男孩！

定睛細看，男孩身上竟然背着一口比他本身高出許多的棺材，嘴裏哼哼唧唧地唱着不着調的歌，帶着一臉輕鬆爽朗的笑容，隨意踢開擋路的小石塊，絲毫不在意鞋子上又多了一個破洞……

　　「來了，來了！那傢伙來了！」慌張得近乎顫抖的聲音從四面八方傳來。

　　砰，砰，砰……一扇扇門被重重地關上了！村子裏的人全都一臉厭惡地躲回屋子裏，誇張的表情動作像遇到了瘟疫一般。

　　其中一個小孩子因好奇從門縫裏探出頭來看，卻被媽媽一把抓回去，砰的一聲，門被關上，緊接着就聽到小孩子被媽

媽打得哇哇大哭起來。

今天村子裏好像有些不尋常呢！

背着棺材的布布路機警地環視四周，依照往常，那些頑皮的小孩早就應該站在各家門口衝他丟垃圾了。可是今天家家戶戶門窗緊閉，仿佛發生了甚麼大事一樣。

奇怪，這是怎麼了？

布布路滿頭霧水地走進了空無一人的村子。

他伸手敲了敲村頭一戶人家的大門：「布布路來收屍體了。」

布布路話音未落，門就開了半邊，一具裹滿白布的屍體從門縫裏被推了出來，隨後一小袋盧克（注：琉方大陸的通用貨幣）被丟到布布路的腳邊。

「我……」布布路還想說甚麼，大門卻啪地關上，差點撞到他的小圓鼻子。

「拿了錢就快滾！別忘了把屍體帶走！」裏面的聲音充滿了厭惡和不耐煩。

布布路很想打聽村子裏發生了甚麼事，猶豫着要不要敲門問問的時候，房子裏絮絮叨叨的咒罵聲就飄進了耳朵：

「該死的，村裏已經有好幾個小孩都感染了怪病，說不定就是這個災星帶來的，千萬別傳染給我們家的孩子才好！」

甚麼？村裏有人得了怪病？不知道嚴不嚴重？布布路擔心地歎了口氣，十分希望自己能幫上忙，但他也很清楚村裏人有多麼不待見自己。

不不不，不能沮喪！爺爺說過，人一消沉就會失去幸福！

「艾米婆婆，那麼請您安心跟我上路吧……」布布路雙手合十，小心翼翼地將白布包裹的屍體放進背上的棺材中，然後輕鬆地背起棺材，大步流星地離開了村子。

## 守墓人的日常工作

越過山頭，景致一下子改變了。

這邊是山的背陰面，陽光像是被擋住了一樣，只有暗紫色的陰影籠罩着大地。落葉發出難聞的腐敗氣味……

扒開一些韌性十足的藤蔓植物，一些歪七扭八的漆黑石碑頓時闖入了視野。原來這裏是一片陰氣森森的墓地。只是從被擦得乾乾淨淨的墓碑來推斷，應該有人在精心打理。

布布路呼哧呼哧地喘着粗氣，停在了墓地中央那棵獨木成林的巨樹下。

黑如石柱的巨樹仿佛吸乾了周圍所有植物的營養一般長得異常繁茂。一座破破爛爛的小木屋岌岌可危地藏在樹幹裏，巨樹根部盤曲，枝節交錯，已經與它融為一體，有些粗壯的樹枝甚至穿透了長滿青苔的屋頂。

「老頭子，」布布路朝着小木屋大叫：「我把艾米婆婆背回來了，輪到你這個守墓人上場了！」

砰的一聲，木門從裏面被踢開。一團黑影嗖地直衝布布路的面門！

布布路向後一個退步，靈巧地躲過了。不但躲過，他還

順勢抓住了那團東西，原來是一個空酒罈。酒罈中殘留的酒味令他皺了皺鼻子。

一個醉醺醺的糟老頭搖搖晃晃地從門裏走了出來，粗聲粗氣地教訓道：「小鬼頭，吵甚麼吵，沒瞧見爺爺我正喝酒喝得高興嗎！」

布布路今年十二歲，自從記事起，就一直跟着愛喝酒的守墓人爺爺住在影王村山頭上的墓

園裏。

幼時，他只是蹲在邊上，看爺爺挖坑埋死人。

五歲那年，布布路因為無聊把爺爺的鐵鏟玩得呼呼生風後，爺爺便打着「栽培他為新一代的守墓接班人」的旗號，心安理得地將自己的工作漸漸轉移給布布路。

打掃墓園、擦洗墓碑、祭奠死人……布布路總是像勤勞的螞蟻一樣從日升忙到日落，可是這些堆積如山的工作，不但沒有為布布路帶來爺爺所說的榮耀，反而讓他時常遭人白眼。

在影王村，布布路所到之處，村民總會躲得遠遠的，偶爾碰了個正着，對方也會背過身去，暗罵道：「呸，真晦氣！」

好在布布路的神經足夠堅韌，並沒有因此一蹶不振。唯一令他不滿的是，在他辛勤工作的時候，爺爺的酒量又晉升了一個檔次，還時不時地借着撒酒瘋的勢頭，對他提出各種不合理的要求！

這不，爺爺又醉醺醺地

晃到布布路面前，把一把高出布布路身高一倍多的鏟子推給了他。

挖坑，毫無疑問是守墓人最累、最常幹的體力勞動，布布路撇撇嘴角，明白爺爺那意思就是說：今天這是你的任務。

布布路不服氣地說：「老頭子，今天可是我十二歲生日，生日都不能休息一天嗎？」

「臭小子，敢跟我討價還價，爺爺都這把年紀了……」爺爺永遠拿這句話當擋箭牌。

「村公所登記在案的影王村守墓人可是爺爺，您就不能自己幹一天活嗎？」布布路氣得咬牙。

「甚麼？」爺爺一聽布布路連村公所都搬出來了，立馬火冒三丈，吹鬍子瞪眼地說：「你再不動手挖坑，錯過了婆婆入土為安的時間的話，小心她變成厲鬼來找你算賬！」

祖孫倆習慣性地大眼瞪小眼，互不相讓。

突然，爺爺的身體一晃，直直地向後栽倒下去。

「爺爺！」布布路急忙上前查看，爺爺那隻紅彤彤的酒糟鼻裏鼾聲如雷，他又用醉倒這招來逃避責任了！

沒辦法，布布路只好認命地先將爺爺背進屋子裏，然後拿起鐵鏟挖墳。

穿越時空的怪物果實

MONSTER MASTER 1

新世界冒險奇談

第二站 STEP.02

# 奇怪的綠疹病
# MONSTER MASTER 1

## 村子裏的不速之客

　　片刻之後，墓地裏的新坑已經挖好了 —— 兩米長一米寬，方方正正，簡直難以想像這是一個孩子短時間完成的作品。

　　一羣黑色的禿頭烏鴉蹲在樹上，冷峻地注視着布布路的一舉一動。

　　「達標！」布布路放下巨大的鐵鏟，滿意地點點頭，雙腿用力一蹬，如同一隻直衝雲霄的大鳥，一下子從坑裏「飛」了出來。

　　「婆婆，這是為你量身定製的『房子』，希望您睡得舒服。」

布布路恭敬地將屍體放進了大坑，唸唸有詞地祈禱着。

就在這時，烏鴉們被驚飛了。林子裏傳來了騷動聲，一大羣村民如潮水般湧入墓地，直奔布布路而來。

平日裏無人光顧的墓地怎麼一下子來了這麼多人？難道自己一直以來的辛勤工作終於感動了大家，所以他們特地來為自己慶祝生日？天真的布布路一點都沒注意村民們陰沉的臉色，反而眉開眼笑地和他們打起招呼來：「嗨，你們好！」

村民們表情凝重地上下打量了布布路一番，仿佛鼓足了巨大的勇氣一般，慢慢向他靠近……突然，他們互換了一個眼色，呼啦一下子把布布路給包圍住，粗魯地扯掉他戴在手上的鹿皮手套，撩起他的袖子和褲腿，好像在尋找着甚麼重要的東西。

「哎喲喲，這是新的慶祝方法嗎？」布布路莫名其妙地看着他們。

村民們不放心地將布布路的雙手雙腳死死抓着，為首的那人惡狠狠地恫嚇道：「閉嘴，你這個災星！這次的禍根一定出在你身上！」

布布路無緣無故挨了罵，心裏難免一陣委屈。

負責檢查布布路的村民露出了古怪的神色，對着其他人搖了搖頭。

「你再看仔細點，如果不是從他身上傳染出來的……」

「你們不要疑神疑鬼了！」人羣中走出一個與布布路差不多年齡的女孩子。她有一頭亮閃閃的金髮，頭上戴着兩隻紅色的獸角，穿着價值不菲的手工軟甲，趾高氣揚地對這些村民說：「我早說過了，這次的怪病不可能是布布路傳染給大家的！你們快放開他！」

「大姐頭！」布布路吃驚不已。

　　這個名叫賽琳娜的女孩可是影王村所有小孩的老大，她不僅個性好強，而且出生於鼎鼎有名的商人世家，在村裏的地位比村長還要顯赫。她和布布路一樣，也是住在村子外的山頭上。只不過，賽琳娜住的卻是豪華別墅，所以她一向嫌棄墓地寒酸又陰冷。

　　這會兒，怎麼她也主動來了？

　　布布路簡直不敢相信自己的眼睛。

　　村民們面露遲疑，其中一人走到女孩跟前，賠小心似的在她耳邊悄聲說：「賽琳娜小姐，這可不好說呀，說不定這小子對我們村子懷恨在心……」

　　「哼，誰叫你們平時對布布路那麼刻薄，現在知道怕了。快放開他！布布路才沒有你們想得那麼壞，如果他知道自己得了傳染病，肯定不會故意跑到村子裏去散播病毒。」正義感十足的賽琳娜果斷地說道。

　　「話不是這麼說，這小子的父親……」

　　聽到他們提起父親，布布路立刻雙眼放光。可惜那個村民表情一轉，把後半句話硬生生地嚥回了肚子裏。村民們警告般地瞪了他一眼，終於心不甘情不願地鬆了手。

　　對了，每次提到布布路的父親，村民們總是這樣，仿佛在守着甚麼重要的祕密，一絲半點資訊也不肯透露。

　　布布路無奈地撇撇嘴，活動了一下發麻的手腳，轉頭問賽琳娜：「大姐頭，村子裏到底出了甚麼事啊？」

　　「最近村子裏的小孩們身上都莫名其妙地長了綠色的皰疹，

村裏人都說墓地裏長年陰濕，很容易滋生病菌，所以大家猜測是你把這個怪病從墓地帶到村子裏的。」賽琳娜語速飛快地將前因後果告訴布布路，末了，她語調一轉，看向那些村民：「有時間在這裏胡攪蠻纏，還不如想辦法去查明真相比較重要！就連我這樣的小孩子都能明白的道理，有些大人怎麼就不懂呢？」

「那我能幫上甚麼忙嗎？」聽說村子裏出了這麼大的事，布布路熱心地想要幫忙。

「哼！不用你多管閒事，真想幫忙的話，就少靠近我們的村子。即使這次的病菌不是你傳染的，誰能保證你以後不會把其他可怕的怪病帶給大家！」村民們沒從布布路身上找到證據，只得惡狠狠地警告了布布路幾句後，灰溜溜地離開了。

## 賽琳娜的推斷

賽琳娜氣憤地衝着村民們離去的背影揮了揮拳頭：「我爸爸說得沒錯，這羣人就是欺軟怕硬！等我查清真相後讓他們通通來給你賠禮道歉。」

「我能和你一起去嗎？我也想幫忙。」布布路誠懇地說。對於能不能得到村民們的道歉他並不在意，只希望有機會改善與村裏小孩子們之間的關係，如果能完美地解決這件怪事，也許能與村裏的孩子們交上朋友，布布路心裏盤算着。

「當然 ——」看見布布路露出期待的笑臉，賽琳娜斬釘截鐵地補充道：「不能！」

「為甚麼？」布布路撇着嘴抗議：「我也很能幹的。」

「你能做甚麼？背死人嗎？這可是攸關全村安全的大事情，只有像我這樣聰明伶俐、堅強勇敢的美少女才能克服困難，解開謎團。」沒等賽琳娜自信滿滿地說完戰鬥宣言，布布路已經拿好他的鐵鏟等在墓地出口了。

「喂！你有沒有在聽啊？」賽琳娜惱羞成怒地想要搶過布布路的鐵鏟，入手後才驚愕地發現這把鐵鏟的分量非同一般，極其沉重，任憑她使盡全身力氣，也不能舉起一毫米，反倒是鐵鏟的重量差點使她栽進墓坑。

賽琳娜瞠目結舌地看着布布路，對他的印象大為改觀。布布路竟然每天拿着這麼重的鐵鏟工作，難道眼前這個瘦巴巴的小男生是個大力士？

她清了清嗓子，鄭重其事地說：「好吧，我勉強同意你加入我的特別調查組，和我一起探尋病毒事件的真相。」

「哇！太好了。」雖然不明白賽琳娜為甚麼會忽然改變主意，但是對於布布路來說，顯然是個好事情。

「其實，這件事很古怪。」賽琳娜將自己搜集到的資訊告訴布布路：「我覺得，這個怪病很可能和摩爾本十字基地的入學申請表有關。」

「摩爾本十字基地？」布布路驚叫。

在藍星上，誰不知道摩爾本十字基地是個專門培訓怪物大師的機構，它就和十影王的傳說一樣古老神祕，令人憧憬。尤其是對夢想要成為怪物大師的布布路來說，那簡直是個無上崇高

的聖地！

「我就知道你會大吃一驚的，剛發現這一線索時，我也嚇了一跳。」賽琳娜有些得意地繼續說：「最近，村裏的家家戶戶都收到了一張來自怪物大師培訓機構 —— 摩爾本十字基地的入學申請表，上面寫着一年一度的招生考試已經拉開了序幕，歡迎大家報考。」

「甚麼？」布布路大吃一驚：「為甚麼我沒收到報名表？難道是因為我們家離村子太遠了，被郵差遺忘了嗎？」

「你給我閉嘴！」被布布路打斷了話，賽琳娜沒好氣地說：「笨蛋，我都告訴你了，這次的怪病跟摩爾本十字基地的入學申請表有關，你應該慶倖才對！」

「難道你也沒收到嗎？」布布路看着賽琳娜，眼睛裏閃爍着同病相憐的光芒。

「你那是甚麼表情！我可是本村首富的女兒，他們怎麼能漏掉我這種大人物！」賽琳娜一邊說一邊掏出一塊珍貴的蟒蛇皮，上面隱隱泛着尊貴的金色光芒。蛇皮背面寫着她的名字和入學申請的相關事宜。

「噢噢噢 —— 真酷！」布布路接過申請表，羨慕地前前後後翻看着。

賽琳娜卻歎了口氣：「你還沒有發現甚麼奇怪的地方嗎？」

「發現了。」布布路重重地點頭，指着蛇皮的一處說，「這裏好像有一片泛黃的印跡。」

看到賽琳娜忽然臉紅扭捏的樣子，布布路恍然大悟地說：

「難道這是大姐頭的口水漬？可是為甚麼會弄到這上面去呢？」

「笨蛋！為了找出線索，我無時無刻不在研究這塊蛇皮！你就不能問點有意義的嗎？」賽琳娜惱羞成怒地搶過蛇皮。

「那你有甚麼發現嗎？」如賽琳娜所願，布布路終於不恥下問了。

「當然！」賽琳娜立刻找回了原先的氣勢，挺起胸膛，一本正經地說：「摩爾本十字基地是甚麼地方？那可是琉方大陸上最著名的怪物大師培訓基地，隨便一個從摩爾本十字基地畢業的預備生都能成為鼎鼎大名的怪物大師！每年報考摩爾本十字基地的人數不勝數，就算不寄出申請表，也有成千上萬的人擠破頭要進入摩爾本。所以在這種供不應求的情況下，摩爾本十字基地怎麼可能會主動寄出申請表呢？而且，我特意向居住在北之黎的表姐打聽過，她可是和摩爾本十字基地在同一個城裏，都沒收到過甚麼入學申請表，更別提是我們這種在地圖上都找不到的偏遠村莊了！這不是很奇怪嗎？就算這蛇皮上面印着摩爾本十字基地的徽章，但是誰能確定這張申請表的來歷真實可信？所以，我認為這張申請表非常可疑！」

聽完賽琳娜有條不紊的分析，布布路撓頭想了想，疑惑地說：「可是，大姐頭，你也收到了入學申請表，為甚麼沒事呢？」

「這就是我不明白的地方，為甚麼偏偏就我沒有事！我的推理明明很嚴密的！」賽琳娜的語氣似乎對自己居然平安無恙大為遺憾。

「不如我們去村子裏偷偷探訪幾戶染病的人家，看看有沒有

其他的線索。」布布路提出一條切實可行的提議。

於是，兩人離開墓地，向村子裏走去。

## 沿路探索

火紅的太陽已經爬上天空，氣溫急劇升高。一段疾行之後，賽琳娜又累又渴，一看到村頭那條清澈見底的小溪，她就飛撲過去。

布布路倒是一副精力旺盛的樣子。賽琳娜彎下腰用手掬起一捧水喝起來。

此時，一陣破空的風聲傳來，布布路感覺到背後一襲涼意，似乎身後有甚麼東西動了動，緊接着，是一陣涼颼颼的、陰沉沉的可怕氣息！

憑着野獸般的直覺，布布路攥緊拳頭，一個轉身 ——

甚麼都沒有！背後依然是開滿鮮花的山坡、潺潺流過的溪水，一座樹橋就架在不遠處。

「呼！」布布路舒了口氣，可是……總覺得哪裏不對勁。

「哎呀 ——」賽琳娜一聲尖叫，打斷了布布路的思路。他趕忙回頭看她，只見賽琳娜的手臂上慢慢浮現出一大片噁心的綠色皰疹。

賽琳娜嚇得臉上完全沒有了血色。

「大姐頭，深呼吸！深呼吸！我們一定能找出怪病的原因！」布布路緊緊抓住她的雙手，不讓她去抓癢。

賽琳娜卻無論如何都無法冷靜下來：「天哪，我這樣子⋯⋯以後肯定嫁不出去了！」

難道是水源有問題？布布路盯着身邊的小溪思考起來，這也許是調查的一個突破口！

「咦，我知道是哪裏不對勁了！」布布路猛地抬起頭，目光投向前方不遠處的那座模樣古怪的樹橋。

隨着水光的跳動，橋身倏地粼光閃閃！布布路感覺到在自己眨眼的瞬間，橋好像微微顫動了一下。

「噓！不對勁！」布布路趕緊用手捂住賽琳娜的嘴巴，將她一把拖進了溪邊的灌木叢裏。

他用另一隻手指了指那座奇怪的橋。

賽琳娜順着他手指的方向望去，頓時醍醐灌頂般濕了背脊，驚道：「動了？橋動了！」

「不，那不是橋！」布布路深吸了一口氣。

一雙泛着血光的巨大眼睛猛地睜開，整座橋豎了起來！

# 怪物大師成長測試

尊敬的讀者：現在你跟隨布布路一起踏上了成為怪物大師的道路！向所有的困難發起挑戰吧！

這是成為怪物大師的必經之路！！！

MONSTER MASTER ♦LOVE DREAMS♦

第二站・奇怪的綠疹病

**Q01** 你所居住的村子裏突然爆發了可怕的怪病，而你被其他人誤會為「病原體」，你會怎麼辦呢？

A. 在怪病平息之前躲在家裏不出門。

B. 痛扁那些造謠生事的傢伙一頓。

C. 積極尋找引發怪病的真正緣由。

D. 清者自清，漠然應對。

E. 製造混亂，讓災難來得更猛烈。

## A【解析】

A. 躲在角落裏畫圈圈的孩子啊，你是在逃避現實嗎？（5分）

B. 哎，暴力行為可不好啊！不過有些人的確欠扁，但是……為了讓大家和諧成長，還是不要隨便打人啦！（3分）

C. 看得出來，你是個有勇氣有擔當又胸襟寬廣的人，好好努力！（1分）

D. 就是，理他們做甚麼！（7分）

E. 孩子，你到底有多邪惡啊！（9分）

完成這個測試後，你可以得到一隻屬於自己的怪物！

測試答案就在第四部的 202，203 頁，不要錯過哦！！

穿越時空的怪物果實

**MONSTER MASTER 1**

新世界冒險奇談

第三站 STEP.03

# 地獄歸來的信使
## MONSTER MASTER 1

### 怪物出現了

「噢……那是甚麼啊?」賽琳娜驚恐的聲音從布布路的指縫間溢出來。

好傢伙!伴隨着地震一樣強烈的衝擊力,他們的眼前居然出現了一條暗金綠色的巨蟒,看起來足有十個布布路那麼巨大,相比之下,山坡上的樹木頓時變得矮小起來。

不!這不是蛇!它更像一隻怪物,一隻剛復蘇的大怪物!

奇怪的是,這隻怪物全身傷痕累累,渾身散發出濃烈的血

腥氣，龐大的身軀上面黏糊糊地黏滿了蜘蛛絲和青苔，鱗甲下許多駭人的鮮紅色傷口隱隱可見。它的眼神暗淡無光，好像剛從地獄裏爬出來一樣。

難道……它就是村裏的病源？

「嗷——」

布布路來不及多想，怪物便朝着他們張開了血盆大口，露出尖錐形的八顆獠牙，發出震耳欲聾的可怕吼叫。

「快跑！進森林，甩掉它！」

賽琳娜嚇得腿軟，要不是布布路拉着她，剛剛怪物衝過來的時候，她一定會被一口吞掉！

但巨型怪物並不像布布路估算的那樣行動笨拙，只見空中一片金綠色劃過，轉瞬間，怪物已經呼嘯着朝他們逼近！

賽琳娜感到脖子一涼，恐懼地回過頭，巨大的蛇頭已經伸到了她的背後，那混合着血腥氣的唾液滴滴答答掉下來。

「啊！」賽琳娜倒抽一口冷氣，腳下一崴，整個身體向前撲去。

幾乎同時，布布路猛地反手一推，把賽琳娜推到了樹林中獵戶捕獸時躲藏的土坑裏，自己卻對着怪物大喝一聲，拔腿往另一個方向跑去。

布布路繞着樹木左躲右閃，上躥下跳，動作比熟悉森林的猴子還要靈敏。

可怪物嘶嘶地遊動着，粗重的身體碾過一排排的樹木，很快就把他逼到了絕境……

不能穿過森林往山下的村子跑，也不能跑回山頭上的墓地，森林被狂猛的怪物掃平了一半，布布路跑了一大圈，只好繞回小溪邊。

「呼！呼！呼！」

這裏平坦坦、空蕩蕩的，根本無處可逃！

怪物就像耍弄着弱小的獵物，放慢了速度，只是目光灼灼地盯着布布路。那目光讓布布路渾身發毛，卻有一種琢磨不透的熟悉感。

雙方對峙着，一動不動，空氣也仿佛凝固了。

咻！一團橘色的光球擦過布布路的臉頰，直襲那隻大怪物！

布布路連忙向後滾了幾圈，倉促地站起身，

定睛一看，那團光球裏竟然跳出了一隻貓！

## 送信之蛇

　　噢噢！這絕對不是一隻普通的貓！它的眼神尖銳，爪牙鋒利，通體泛着橘色的火光，尤其是那條毛茸茸的尾巴上的火焰鬥志昂揚地豎立着，燃燒得最為熱烈。

　　「喵嗚 ——」一聲仰天長嘯後，貓齜牙咧嘴地撲了上去，毫不畏懼地與比它大了數倍的巨蟒鬥成一團！

　　很快，巨蟒被咬住了腹部，發出痛苦的嘶叫，砰的一聲癱倒在地，大片的鮮血汨汨地從撕裂的傷口滲出。金綠色的身體在地上抽搐了幾下，便不再動彈，但它那雙金色的眼珠子收

縮着，執着地凝視着布布路，盯得他心裏一陣發毛。

「你還好嗎？」不知何時，一個穿着狩獵裝的青年來到布布路身邊，拍着他的肩膀，擔心地問。

「謝謝，我沒事。」布布路看了看渾身冒火的貓，又看了看青年，吃驚地問：「難道……您是？」

「沒錯，我叫亞克，是一個怪物大師。它是我最忠誠的夥伴——焰尾貓！」說着，亞克俯身摸了摸焰尾貓的腦袋，焰尾貓便收到命令似的一躍而上，化作一團光球，跳入了亞克另一隻手的卡中。

焰尾貓居然被收入了一張巴掌大的卡裏，這真是太奇妙了！布布路還來不及細看，亞克已經蹲下身打量起那條巨蟒，布布路只好跟了過去。

「竟然是這傢伙！」亞克驚呼道：「如果我沒猜錯的話，這可是摩爾本十字基地的信使——魔靈獸啊！可是它怎麼會被魔化了？」

「啊？」布布路滿頭問號：「甚麼魔靈獸？甚麼被魔化？」

亞克皺緊眉頭，嚴肅地解釋道：「摩爾本十字基地成立至今已經數千年，雖然具體時間無從考究，但傳說這個大怪物和基地同歲！它有着無比強大的靈力，是等級非常高的怪物，每十年魔靈獸會離開基地，送出一份珍貴的申請表，收到該申請表的學生，必然是最傑出也是基地最重視的怪物大師。許多藍星上最優秀的怪物大師，都是魔靈獸發現的！」說着，亞克的眼中流露出敬佩：「據我所知，被魔靈獸挖掘出來的人才，包括了你們影王村最著名的焰角‧羅倫，還有……克勞德‧布諾‧里維

奇，都是它發現的！」

克勞德·布諾·里維奇？

「它認識我爸爸？」布布路驚訝地看着倒地的大怪物：「那它為甚麼會出現在影王村？還攻擊我呢？」

「你爸爸是布諾·里維奇？」亞克更為驚訝地望着布布路，喃喃自語般嘀咕道：「你和布諾·里維奇的感覺還挺像的……」

布布路猛點頭，第一次聽到有人提及爸爸的事，他激動得嘴脣都在哆嗦：「我叫布布路，您見過我爸爸嗎？那您知道他……他現在在哪裏嗎？」

「很久以前，有過一面之緣。但是十年前，布諾·里維奇突然失蹤了，就在那一天，魔靈獸也從摩爾本十字基地消失不見了……」亞克露出若有所思的表情，十分費解地說，「不過，看它現在的狀態很不妙呢！它一定是受了很嚴重的內傷，不然就算有十個焰尾貓，也不可能打倒它！」

就在這時，一陣腳步聲從他們背後傳來，兩人猛地同時回過頭，原來是爺爺來了。

「臭小子，你竟敢把艾米婆婆的屍體扔在墓坑裏就不管了！」爺爺一出現就給布布路的後腦勺來了一巴掌。

布布路疼得抱頭蹲地，嘴裏哎呀哎呀地呼痛。

爺爺這才發現地上躺着一隻奄奄一息的怪物，他的目光在接觸到魔靈獸的一瞬間變得銳利起來，但很快又冷靜下來。

布布路連忙將事情重述了一遍。

爺爺感傷地歎了口氣：「布布路，它可是你爸爸的好朋友。」

「甚麼?」亞克震驚地說:「我聽說,魔靈獸是最公正、最有靈性的怪物,但它從來都是獨來獨往,沒想到布諾‧里維奇居然是它的好朋友!」

爺爺面色沉重地走到魔靈獸面前,癱倒在地的大怪物似乎到了生命的盡頭,它意識模糊地半張着嘴,喉嚨裏發出有氣無力的嘶嘶聲。

「雖然我不知道它傷成這樣是遭遇了甚麼⋯⋯但是我想,也許它來這裏是為了能最後見你爸爸一面吧!也許它剛剛不是要攻擊你,而是向你求救!」爺爺難過地說。

「你知不知道,我爸爸去哪裏了?」布布路小心翼翼地伸出手,摸向魔靈獸,它的身體軟軟的、涼涼的。

大怪物好像聽懂了布布路的話,吃力地揚起巨大的蛇頭,竟然吐出一片金箔!

布布路正要去撿,就感覺腳下不穩,視線也發生了扭曲。

「小心!」亞克緊張地撲過來,將布布路和爺爺按在身下。

只見地面裂開了一道黑色的口子,一下子將魔靈獸給吞噬了!布布路目瞪口呆地看着這一切,無法忘記魔靈獸最後看他那眼中的留戀與不捨。

## 淚光閃閃,爸爸的留言

「哎,這到底是怎麼回事?」布布路難以置信地盯着已經恢復平整的地面。

「剛剛有人撕裂了空間，將魔靈獸帶走了！」亞克解釋道，同時他放開手，扶起布布路和爺爺。

撕裂空間？帶走魔靈獸？是誰做的呢？難道就是那個讓它傷痕累累的壞蛋嗎？布布路擔心地想着。

劈里啪啦，魔靈獸吐出的那片金箔突然熊熊燃燒起來，火光裏漸漸浮現出一個身影！

布布路呆呆地看着那個身影，簡直不敢相信自己的眼睛。他曾經在照片上看到過，這個人正是自己的爸爸——克勞德·布諾·里維奇。

「爸爸！」布布路興奮地呼喊，恨不得衝進火光裏，撲進爸爸的懷裏。

亞克趕忙拉住布布路：「冷靜點，這只是虛像！」

布布路熱切地注視着火光裏的人影。

布諾·里維奇笑了，他溫暖的聲音像是從另一個世界傳來：「親愛的兒子，真抱歉爸爸沒能陪你長大。」

布布路的心像壓不住似的直往外跳，雙眼被淚水所模糊，這是他第一次聽到爸爸的聲音。

「爸爸相信，布布路一定會成為一個堅強的男子漢！爸爸正在執行一項能夠改變世界……」刺啦……「……的任務……」刺啦刺啦……

伴隨着詭異的聲響，火光裏的影像愈來愈不清晰，啪嗒一聲，爸爸消失了，爸爸的話說到一半也中斷了……

金箔燒成灰燼，布布路傻傻地跪在一堆灰燼旁邊呼喚着：

「爸爸……爸爸……」

突然，他發現灰燼裏還有東西，翻開一看，是一卷蓋有十字星印章的羊皮紙。

一旁的亞克只掃了一眼，便驚呼起來：「哦！我的天！這是摩爾本十字基地最高級別的申請表！」

「這一定是爸爸送我的生日禮物！這是我收到過的最好最珍貴的生日禮物！」布布路邊說邊攢緊了申請表，雖然他的眼角掛着淚水，但他的神情讓爺爺覺得他好像一下子長大了。

祖孫倆各懷心事地沉默了片刻，布布路驀地抬起頭，目光堅定地說：「爺爺！我要去摩爾本十字基地，像爸爸一樣成為一名怪物大師！」

爺爺摸了摸布布路的腦袋：「你是個特別的孩子，我早料到有一天你會離開這個小小的影王村，只是沒想到這一天來得那麼快……」爺爺原本想嚴肅地把話講完，但說到最後，他還是哽咽了。

布布路的眼淚一湧而出，不過他佯裝豪爽地拍了拍爺爺的肩膀：「老頭子，別難過，我一有空就會回來看你的！」

「既然去了，沒成為真正的怪物大師就別回來見我！我丟不起這個臉！」爺爺可不是省油的燈，很快就振作起來。

「甚麼呀，我是怕你一個人寂寞！」

正當祖孫兩人樂得鬥嘴的時候，亞克臉色為難地打斷了他們：「布布路，我必須告訴你一件事。外人對你爸爸有很深的誤解，所以最好請爺爺為你杜撰一個出生表。你出門在外，絕對

不能讓別人知道你是布諾‧里維奇的孩子。」

「為甚麼不能讓別人知道我爸爸是誰？」布布路緊張地問。

亞克無奈地歎了口氣：「因為布諾‧里維奇的名字在十字基地，不，在所有的怪物大師中間都是個禁忌！」

「禁忌？」布布路震驚極了：「難道我爸爸是個壞蛋？」

「當然不是！」亞克使勁搖頭：「他勇敢、正直，又富有同情心，是我見過的最優秀的怪物大師了！你不必在乎那些傳聞……總之，因為你父親失蹤了，誰也無法瞭解到真相！」亞克頓了頓，似乎有甚麼難言之隱一般，不願再多說了。

「嗯，我相信爸爸！」布布路握緊拳頭，那麼慈愛的父親怎麼會成為怪物大師中的禁忌呢？布布路的腦袋裏堆滿了各種各樣的問題，也許這一切，能在摩爾本十字基地找到答案……

這一刻，布布路找到了自己的人生目標──成為一名像焰角‧羅倫一樣偉大的怪物大師，並找出當年和爸爸有關的真相！


「賽琳娜小姐，你怎麼了？你醒一醒啊！」

遠處樹林裏的一陣騷動把布布路的思緒拉了回來。

「糟糕！我把大姐頭給忘了！」布布路一拍腦門，趕緊衝了過去。

三個用人已經將賽琳娜從土坑裏抱了出來，但她雙眼緊閉，面色蒼白，胳膊上爬滿了綠色的皰疹，比之前更嚴重了。

「讓我看看！」亞克趕緊上前想要細看。

但對於陌生人，傭人們露出了懷疑的目光：「你是醫生？」

「我是醫療系的怪物大師。」說着，亞克開始查看賽琳娜手

上的皰疹。

「她不要緊吧?」布布路擔心得團團轉個不停。

亞克很快結束了診斷,如釋重負地對其他人說:「沒有大礙,多喝水,中和毒素之後,休息幾天就會好了。」

「真的這麼容易就能好嗎?村子裏的許多小孩都得了同樣的怪病呢!」傭人驚訝地問。

亞克認真地解釋道:「如果我的推測沒錯的話,這位小姐體內的毒素來自於水源的感染。因為作為病毒源頭的魔靈獸潛伏在溪水中休息,才導致了位於小溪下游的村子在取用水時遭到了感染。由於體質關係,小孩子的免疫力比較差,所以就比較容易感染。」

「能請您和我們一起回去醫治小姐嗎?」傭人懇切地請求。

布布路也做出拜託的手勢:「請您一定要治好大姐頭,還有村裏的其他小孩。」

亞克點點頭:「我知道了。你也一定不要忘記我說過的話!」

傭人們小心翼翼地抬起賽琳娜,亞克跟着他們一起離開了。

布布路遺憾地看着他們遠去,他已經決定明天就出發去摩爾本十字基地參加怪物大師招生會,看來沒法向賽琳娜親口道別了。

另一邊,亞克張開手,一隻拖着湛藍尾羽的鳥兒銜着一封信衝上雲霄,轉眼就朝着北方飛去 —— 那裏正是北之黎的方向!

「去吧,告訴尼科爾院長大人,或許怪物大師的新時代即將來臨了……」亞克神色沉重地喃喃自語道。

## 穿越時空的怪物果實
### MONSTER MASTER 1

新世界冒險奇談
第四站 STEP.04

# 戴面具的傢伙
# MONSTER MASTER 1

## 爺爺的禮物

　　布布路精神百倍地背着爺爺替他收拾好的行李 ── 一隻與他等身的棺材，雄赳赳氣昂昂地出發了。

　　可是才出影王村沒多久，布布路就方向感大錯亂了。當他第十次經過同一棵歪脖子楊樹時，他終於意識到問題的嚴重性 ──

　　「呃，到底該往哪裏走？肚子好餓啊……」從早上走到中午，他根本就沒看到交通站的影子，布布路懊惱地摸着肚子。

　　咚！布布路與迎面走來的一對年輕男女撞了個正着，一個布袋從他的衣服裏掉了出來，這是爺爺給的路費，說是布布路這些年的勞動所得。

　　布袋裏的東西撒了一地，有不少盧克，還有一塊稜角分明的黑色石頭。

　　「抱歉。」布布路一邊低頭撿東西一邊道歉，速度快到對方還來不及反應，他就已經把盧克全部裝回袋子裏了。最後他拿起那塊黑石頭，好奇地打量起來。「奇怪，老頭子沒事給我塊石頭幹嗎？」

　　這塊石頭在陽光的照耀下，裏面竟然閃爍出柔和的暗金色，流光溢彩，仔細看，居然是來源於石頭內部的天然花紋。

　　難道是甚麼護身符？

　　布布路也沒多想，順手往口袋裏一塞，轉身便走。他並沒注意到那對被他撞到的男女兩眼放光，緊緊盯着他的一舉一動和那塊奇特的黑石頭。

　　「小弟弟，你這是要出遠門嗎？」聽見女青年的聲音，布布路受寵若驚，這是第一次有人親切又主動地跟自己說話呢！

　　布布路實話實說：「嗯，我要去摩爾本十字基地參加怪物大師的招生會！大姐姐，你知道哪裏可以坐龍蚯嗎？」

　　那對男女默契地對視一眼：看來這小孩沒見過甚麼世面啊！

　　「小弟弟，你要去北之黎的摩爾本十字基地啊，那真是太巧了！我們也要去那座城市，不如一起走吧！」女青年熱情地發出邀請。

　　「要不要我幫你背行李？」男青年更是殷勤地要接過布布路

背上的棺材。誰知，這口「行李箱」的分量非同一般，任憑他使盡全身力氣，也不能舉起一毫米，反倒被狠狠地壓趴在地。

「謝謝，我自己可以背！」布布路輕輕鬆鬆地將棺材背上身，心裏對這兩個陌生人的好感直線上升，他們真是太和善了。

男青年抽着嘴角笑了笑，拿眼角示意女青年：這小孩有點本事。

女青年不以為然地舉起手，晃了晃手腕上的粉色水晶鏈子，兩人在布布路背後露出了心懷鬼胎的笑容……

## 「好心」的路人

三人一路說說笑笑，在到達交通站點前，布布路已經知道女青年叫芬妮，男青年叫約翰，是一對四處旅行的兄妹。

「布布路，那裏就是龍蚯站了！」芬妮親昵地叫着布布路的名字，指向前方不遠處。

只見墨綠色的軌道上臥着一種巨型蟲科生物，學名叫龍蚯。它的體形龐大，個性溫馴，容易被人類馴服。之所以用於交通，是因為它的身體底部覆蓋着一些極小的鱗片，這些鱗片交錯排佈，就像齒輪一樣可以推動龍蚯在軌道上快速前進。它是琉方大陸上多種運輸工具之一，因為承載量大，消耗少，所以相比其他運輸工具，龍蚯的車票價格也便宜許多，在民眾出行和貨物運輸方面一直有着不可替代的作用。

「來，這是你的車票。」約翰殷勤地幫布布路買好了車票。

「謝謝，你們簡直太好了！」布布路充滿感激地接過票，在兩人的簇擁下走向一條土黃色的龍蚯。

　　那條龍蚯的腦袋高昂着，平放在軌道上的身體長長的，分成一節一節，每一節中間都有一塊色彩斑斕的花紋。推一下這個花紋，龍蚯的這部分身體就會自由收放，露出一個洞口，而裏面是一個四人座包廂。

　　「哇哦，原來這就是龍蚯！真神奇！」鈴聲響起，龍蚯就要開始爬行，布布路興奮地四處張望。

　　芬妮剛想說些甚麼，門洞被打開了，原本三人的包廂裏，闖進了第四個人。

　　芬妮和約翰大驚，他們特地買斷了這個包廂的車票，現在卻闖進來個陌生人，而且這傢伙的裝備也太奇怪了──

　　來人戴着一張狐狸面具，看身形應該是個少年，可是腦袋後卻紮了一根長辮子，直拖到腳踝，衣着極具民族風，看起來不像是琉方大陸的人。

芬妮和約翰完全看不出少年的來歷，不禁變了臉色，警惕地盯着這個人。

　　這人的面具底下藏着一雙細長的狐狸眼，滴溜溜地掃過車廂裏的三人後，擠到了布布路身邊坐下。

　　「嗨，各位好！」他聲調歡愉地打了個招呼，自來熟地勾搭上布布路的肩膀：「我說，你叫甚麼名字？準備去哪裏？」

　　布布路正想回答，包廂門再次被推開，一個穿着制服的警員怒氣騰騰地衝進來，大喝一聲：「你，舉起手來，靠邊站！」

　　咦，出甚麼事了？

　　布布路滿頭霧水，芬妮和約翰更是緊張得從座位上跳了起來。

　　「嗚嗚，大叔，別這樣子嘛！」少年毫無預警

地撲向警員，抱着他的大腿，悲痛地抽泣起來：「我⋯⋯我真不是誠心逃票的！」

原來這少年居然是個沒公德的逃票犯啊！芬妮和約翰鄙視地哼了一聲，坐回原位。

## 謎之逃票少年

少年不顧警員的嚴厲警告，逕自聲淚俱下地說起一段悲催的往事：「我從小就沒了母親，弟妹眾多，全憑父親一個人不分晝夜地辛勤勞作，才將我們幾個養大成人。我出生時，村裏的長老預言我能成為首屈一指的怪物大師，因此父親將所有的希望都寄託在我身上！為了讓我去參加摩爾本十字基地的招生會，父親變賣了全部的家產，才給我湊夠旅費，但是身為家中的長子，又怎能為了自己的需要，讓自己的家人忍飢挨餓，居無定所呢？你們說說看，我能這麼做嗎？」

「不能！」布布路淚眼婆娑地站起身來，替少年大聲回答道。剛才少年所描述的父親形象，已經深深打動了他。

少年感激地朝布布路點點頭，又一臉淒苦地對警員說：「所以我才只帶着家人的愛，身無分文地上路了！」

「總之，你就是打定主意不買票，對不對？」警員才不管少年是不是真的有甚麼苦衷，他盡職地拎起少年的衣領，準備把他扔出車廂：「如果沒有票，就下車！不要打擾其他客人！」

「大叔，拜託，不要這麼不近人情嘛！！」少年哀號。

「少來這一套，像你這樣坐霸王車的人，我見得多了！」警員不為所動地拽著少年往前走。

「等一等！」布布路開口阻止。

「你想做甚麼？」芬妮看到布布路掏錢袋，連忙攔住他說：「別傻了，看他上車時笑得那個開心樣兒，哪像有甚麼悲慘身世的人，一定是騙人的！」

「我覺得他相當堅強樂觀呢！」布布路毫不掩飾對少年的好感，邊說邊將盧克交到警員的手裏：「大叔，我幫他買票。」

「臭小子，算你運氣好，下次再被我抓到你逃票，一定把你從窗戶扔出去！」警員丟下幾句警告的話，離開了包廂。


「救命恩人！太感激你了！以後用得到我餃子的地方，請盡管說，滴水之恩，餃子定當湧泉相報！」少年親熱地抓起布布路的雙手，一副感激涕零的樣子。

「餃子？好奇怪的名字啊！」布布路好奇地撓撓腦袋：「我叫布布路，你是不是也收到了申請表，所以要去參加摩爾本十字基地的招生會？」

「嘿嘿，因為我媽媽生我的時候夢到吃餃子，所以我就叫餃子了。不過嘛，據我所知，基地從來不對外寄申請表的啊！」餃子不解地摸著下巴。

「奇怪！我們村裏的每家每戶都收到了一張蟒蛇皮的申請表，不過我的這張有些特別！」說著，布布路掏出了那張蓋有十字星的羊皮卷。

餃子好奇地打量了一會兒，突然發出一聲哀號：「天哪，難道今年有別以往，如果沒有申請表就等於不能參加招生會，我乾脆去跳崖算了！千萬不要是這樣，啊啊啊……」

他聒噪的叫聲讓芬妮和約翰厭惡地瞇了瞇眼睛。

「餃子，別擔心，大不了我們求求十字基地的人，問他們多要一張申請表……」

難得遇到志同道合的人，布布路和餃子一見如故，沒多久，兩人就混熟了。

咕嚕咕嚕……餃子捂着肚子，可憐兮兮地說：「哎呀，真是不好意思啊，算起來，我已經一天沒吃東西了……」

「你餓了啊，正好我這裏有幾個野果，你先墊墊肚子吧。」

布布路連忙伸手在口袋裏摸尋起來，一不小心再次將那塊黑石頭掉了出來。

「哇哦，你怎麼會有這個玩意兒？」餃子驚訝地撿起那塊石頭。

芬妮和約翰不約而同地屏住了呼吸，緊張地盯着餃子手裏的石頭。

「怎麼了？這只是一塊石頭而已。」布布路不明所以地望着大家，弄不清楚為甚麼氣氛一下子變得那麼奇怪。

「只是一塊石頭？我的天哪，您真是大少爺的口氣！這可是個價值連城的寶貝啊！」餃子誇張的語調讓布布路更加迷茫。

「這麼珍貴的寶物竟然落到不識貨的主人手裏，真是寶物的不幸啊。」餃子發出一聲誇張的惋惜，向布布路解釋道：「這東西叫金盾，是一種在琉方大陸上可以流通的貨幣。據說，金盾是一種極其稀有的高級怪物礦石，除了專門開採這種怪物礦石的技師之外，沒人知道要怎麼得到它。它是世界上最堅硬的東西，一金盾相當於十萬盧克。」

「這塊石頭，十萬盧克？」布布路不可思議地驚呼出聲，背一具屍體五盧克，埋五盧克……十萬，十萬……他有點頭暈了。

「不是石頭，是金盾！」餃子再次強調着糾正布布路：「你這塊金盾的成色不錯，而且內部的花紋渾然天成，據我推測，它的價值遠超過十萬盧克！」

「你會不會看錯了，這樣一塊破石頭會值那麼多錢？」芬妮假意詢問，灼熱的目光一直緊盯着金盾。

「相信你應該比我更清楚這塊金盾的價值吧。」餃子意味深

長地笑道。

芬妮慌亂地移開眼神，沒有回答，表情看起來就像吞下了一整個酸檸檬，而約翰更是一臉陰沉。

餃子將金盾還給布布路，並叮囑道：「所謂財不可以露眼，所以布布路你要記住，貴重物品必須小心收藏，免得被壞人惦記上！」

「哦！」布布路應聲的同時，隨便把金盾往口袋裏一塞。

餃子暗自朝天翻了個白眼，這小子果然沒聽懂自己的暗示。

「說起來，其實我以前遇見過一種全身上下長滿了金盾的怪物哦！」餃子忽然站起身來，揚揚自得地說。

「真的嗎？」布布路的眼睛一下子睜大了。

「吹牛，那種怪物已經滅絕了！」芬妮冷笑道。

「不，不，不，它們沒有滅絕，而是躲了起來！」餃子故意壓低嗓音，神祕兮兮地說：「兩年前，我給一個貿易商做保鏢，去比丘的沙漠綠洲販賣東西。我們連着趕了好幾天路，疲憊不堪。一天晚上，我們在滿眼黃沙的沙漠裏搭帳篷露營，沒想到意外情況就發生了……」

餃子賣起關子，布布路立即被激起了好奇心，催促道：「發生了甚麼意外情況啊？」

芬妮和約翰對視一眼，偷偷嘀咕：「切，一定是鬼扯……」

餃子清清嗓子，繼續道：「我們被襲擊了！在黑暗中，火堆被甚麼東西飛快地掃黑，我的背部被重重地踩了一腳！正在我痛得好半天都喘不過氣來的時候，我的雇主大吼着，貨被搶走了！因為太黑了，我只能忍痛摸索着前進，不知走了多久，我聽

到了咔嚓咔嚓的奇怪聲音，然後我的眼前就出現了一個龐然大物！它足有一個小山丘那麼大，一雙綠光瑩瑩的眼睛，鋒利的牙齒，絳紫色的嘴巴裏還淌着腥臭的口水！『吼──』它朝我發出一聲咆哮，我被震飛出去。但是我沒有放棄，爬起來依然衝向它，想把它咬在嘴巴裏的那一大袋貨品搶回來！」

「哇啊，餃子，你好英勇啊！」布布路興奮得鼓起掌來。

約翰卻扭過頭，冷哼道：「被小山丘那麼大的怪物踩一腳絕對會死掉的，怎麼可能還坐在這裏……」

餃子完全不理會約翰的挑釁，手舞足蹈地演示着：「我拚命用雙手抓住貨品，但它也死死地咬着不肯鬆口！它的力氣真是太大了，我幾乎快抓不住了，於是我靈機一動，掏出一根撥火棒捅向它的眼睛，順利把東西搶了回來！那大怪物則慘叫着，迅速地鑽進沙地裏逃跑了！」

「正常人的力氣可能和怪物不分上下嗎？何況是那種小山丘一樣的大怪物？而且你不是說雙手抓着貨物嗎？怎麼又跑出來一根撥火棒，難道是用腳去掏的嗎？」芬妮對餃子破綻百出的故事逐一戳破。

單純的布布路卻對餃子的故事十分入迷。

## 餃子的回報

咕嚕咕嚕……餃子狼吞虎嚥地吃了幾個野果，卻一點都沒解決飢餓的問題。

芬妮和約翰從背包裏拿出食物分給布布路和餃子。

布布路忍不住感歎今天能遇到兩個好人真是太幸運了。

填飽肚子之後，布布路揉了揉眼睛，忽然覺得有些睏，他身邊的餃子也是哈欠連天。沒一會兒，兩人就頭靠頭睡着了。

芬妮和約翰同時站起身來，居高臨下地俯視着他們，得意地笑了。

「耳根子終於能清淨了。要不是這隻不知道從哪裏冒出來的野猴子作怪，我們早就得手了！」約翰活動着手腕，想要給餃子一頓教訓。

「閉嘴，別計較這些有的沒的，咱們趕緊拿着金盾走人！」芬妮壓着聲音朝約翰低吼。

「急甚麼，你在他們的食物裏摻的那些迷藥，足夠他們像死豬一樣睡上一天！不論我們做甚麼，他們都不會發覺的，哈哈，這下我們發大財了！」約翰得意忘形地捧着金盾，哈哈大笑。

「如果我是你，我會把整瓶迷藥都用上。」一個聲音忽然響起，打斷了他們的發財美夢：「就算那是市面上少見的迷幻蝶粉，也不該只放那麼一點點吧。」

「你……你怎麼沒被我迷昏？」芬妮詫異地看向伸懶腰的餃子。

「笨蛋，都告訴你是因為迷藥太少了。」約翰從腰間抽出匕首，逼向餃子。

「不可能！」芬妮尖叫起來：「那分量足以迷倒一頭大象！」

「大概是因為我比大象更強壯吧！」餃子瞇着那雙狐狸眼，將手往兩人面前一揚：「現在，讓我來教教你們怎麼正確使用迷

藥吧!」

　　他的話音未落，一把粉色的粉末飄揚在半空。

　　「壞了……」芬妮的話說到一半，就和約翰軟軟地癱倒在地上。她難以置信地看着餃子拿在手中的半串粉色手鏈，那明明是她的！

　　餃子轉身打開車窗，讓夜風吹散空氣中的粉末，然後刻意蹲在他們面前，得意揚揚地說：「嘿嘿，想在我面前使詐，你們還太嫩了點！這種害人的東西，就讓我替你們保管好了！」

　　「卑鄙！」芬妮掙扎着說出最後兩個字後，頭一歪，和約翰一起陷入了昏睡。

　　「謝謝誇獎。」餃子嬉皮笑臉地站起身，順便將被約翰掏出來的金盾放回布布路的口袋裏：「看你這麼好心，我就幫你一次，算還你人情。」

　　「嗚——」這時，龍蚯發出了一聲沉悶的長嘯。

　　「布布路，醒一醒，到站了！」餃子不知道把甚麼東西往布布路鼻下一抹，布布路便睜開了眼睛。

　　看着在地上呼呼大睡的芬妮和約翰，布布路奇怪地問：「他們怎麼了？」

　　「他們說旅行太累了，要睡到下一站，我們可不能打擾他們的好夢，走吧！」餃子面具下的眼睛笑得瞇成了一條縫，招呼布布路走下龍蚯。

　　「那好吧。」布布路點點頭，跟着餃子走下龍蚯後，還依依不捨地朝那節車廂揮手道別：「芬妮、約翰，再見了！我會想你們的！」

# 怪物大師成長測試

這是成為怪物大師的必經之路！！！

‧找到最適合自己的解決辦法！

這是每一個怪物大師的必經之路！向所有的困難發起挑戰吧！

第四站‧戴面具的傢伙‧

你從出生就沒見過自己的爸爸。在你十二歲生日的那天，突然有人願意告訴你關於爸爸的事情。你希望自己的爸爸是個甚麼樣的人？

A. 功績卓越的大英雄。

B. 神祕暗殺組織的一員。

C. 終極暗黑大 BOSS。

D. 某國的國王。

E. 世界第一的富商。

## A【解析】

A. 選這個選項的人，你絕對是傳統派的主角命。（1分）

B. 難道你也想過血雨腥風的生活？殺手可是需要時刻面對死亡的威脅呢！（7分）

C. 快說，你這個大反派潛伏在預備生中間多久啦？（9分）

D. 你是不是特別愛做夢、特別喜歡童話故事啊？（3分）

E. 錢，錢，錢，你的眼裏只有錢。（5分）

完成這個測試後，你可以得到一隻屬於自己的怪物！

測試答案就在第四部的 202，203 頁，不要錯過哦！！

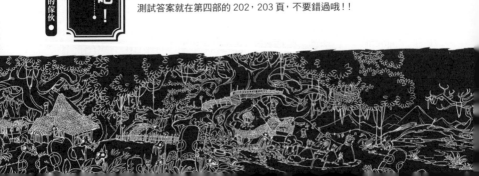

## 穿越時空的怪物果實
### MONSTER MASTER 1

### 新世界冒險奇談
#### 第五站 STEP.05

# 珍珠大峽谷
## MONSTER MASTER 1

### 可疑的基地公告

　　根據貼在龍蚯交通站點的摩爾本十字基地公告牌指示，布布路和餃子迅速趕到了規定的集合地點 —— 珍珠大峽谷。

　　谷口人山人海，擠滿了從各地趕來參加招生會的考生，這情況真是空前絕後，不少人手中還拿着申請表，嚷嚷着要到哪裏去交表格。

　　餃子發出嘖嘖的感歎聲：「我聽說來參加招生會的通常都是精英人士，每年也就差不多千人左右，但現在起碼十倍不止，看

起來龍蛇混雜啊……」

這時，布布路注意到圍着谷口那塊大黑板的考生們的臉色異常難看。

布布路費了九牛二虎之力才拖着餃子擠到黑板前，只見上面用極其潦草的字跡寫着：

**考生們，在日落時分跳入死靈馬出沒的珍珠大峽谷，就可以到達摩爾本十字基地喲。**

跳入大峽谷？那不是讓人去送死！最後那個「喲」字又是甚麼意思？總覺得寫的人抱着一種幸災樂禍的心理。

「哎呀呀，這要怎麼辦呀？會死人的，一定會死人的啊！」騷動的人羣中響起一個咋咋呼呼的聲音。

布布路和餃子循聲望去，一個身穿黑色西服、披着黑斗篷的青年正聲情並茂地向周圍的人介紹起珍珠大峽谷的情況。

「我是本地人，從小家裏的長輩就告誡我們不要靠近這座大峽谷，因為……」說到關鍵的地方，青年故意誇張地拖長音節，吊人胃口：「它會吃人哦！」

「甚麼？吃人？」半信半疑的聲音此起彼伏。

青年似乎對這結果非常滿意，他瞇起眼，一臉神祕地說：「甚麼珍珠大峽谷，叫得還挺好聽，都是為了騙你們這些外地人的！其實這裏是蚌殼大峽谷！因為這個峽谷會自由開合，太陽升起它裂開，太陽下山它閉合。怎麼樣，神奇吧？可怕吧？你們

看，現在距離太陽落山已經沒多少時間，峽谷馬上就要閉合了！而且這峽谷深不見底，跳下去不變夾心餅乾也一定會摔死！哼哼，所以才說它會吃人！」

青年說完，轉頭看向身後的同伴。那人不僅和他長得一模一樣，連穿着打扮也是同款，區別只在於顏色不同，那人是一身白。兩人看上去像是雙胞胎，卻給人截然不同的感覺，與黑衣青年相比，白衣青年顯得相當冷漠。

「布布路，不如我們過去多問點細節，再看看有沒有甚麼好辦法……哇啊啊啊 ——」餃子猛地感到腳下一空，未說完的話變成了淒厲的驚叫，久久迴盪在整個峽谷間。

所有人都瞠目結舌地看着這兩個突然跳下峽谷的白痴。

其實餃子很想為自己申冤，他最多算是個倒楣蛋！因為忽然跳下峽谷的白痴只有一個人，他只不過是被拖下水的！

## 谷底世界

哇哇哇！掉下去了 —— 看看腳下深不見底的山谷，餃子頭暈目眩，眼冒金星。

「我說沒有申請表就要跳崖是說說的，啊啊啊 —— 死了！這次死定了！啊啊啊 ——」與餃子的慘叫形成鮮明對比，把他拉下來的布布路倒是張開雙臂，一副禦風而行的愜意模樣。

「布布路！」一聲怒吼嚇得餃子呼吸一窒，差點背過氣去。

只見一輛嶄新的紅色甲殼蟲飛速來到他們身邊，掀起的氣

流吹得布布路和餃子像落葉一樣劇烈地搖
擺。開車的是個女孩，金燦燦的短髮迎風飛揚，一
雙湛藍的眼睛裏卻燃燒着熊熊怒火，似乎要在布布路身上燒出
兩個窟窿來！

「大姐頭？」布布路露出了意外又驚喜的表情，不過他的注
意力很快被另一邊威猛的獸吼給吸引了。

布布路側頭一看，居然是一隻巨大的金獅正邁開步子，俯身
向谷底飛去，它全身的金色毛髮在風中亂舞，看起來威風凜凜。

「糟了，我是不是產生幻覺了？怎麼看到一個美女和一隻金
獅？」餃子使勁眨眨眼。撲通一聲，他終於降落到了谷底！

「哇！這是甚麼呀？」布布路和餃子穩穩地掉落在一片藍色
的火焰裏，但是火焰並不灼人，而是暖暖的，就像泡在溫暖的海
水裏面一樣，十分舒服。

「是死靈馬！」在餃子的驚叫聲中，布布路赫然察覺原來他
們正騎在馬上，而這些藍色的火焰居然是馬的鬃毛。

「哈哈，真是太酷了！」布布路調整姿勢，坐在馬背上歡快
地大叫起來。

　　周圍全是幽藍色的火焰，不斷有更多的死靈馬從地底鑽出來，氣勢雄渾地奔騰着。谷道內成了流動的藍色海洋，景象壯觀，讓布布路覺得新鮮極了。

　　餃子卻連聲哀號：「馬大哥，求你別奔了！我頭暈，暈到想吐啊……」

　　甲殼蟲並行飛到了布布路身旁，賽琳娜伸長手臂，擰住布布路的耳朵：「你這傢伙，膽敢瞞着我這個老大，自己來參加怪物大師的招生會！」

　　布布路趕緊躲閃：「大姐頭，你怎麼會在這裏？」

　　「我當然也是來參加怪物大師招生會的！等我成為了不起的怪物大師，就不用被父母強逼着繼承家業了。自己的未來就該

自己選擇！」賽琳娜豪爽地大笑，眼前仿佛浮現出光明的未來。

「說得好！」熱情的掌聲響起，賽琳娜斜眼看向布布路身邊，一個戴着狐狸面具的少年正滑稽而狼狽地趴在馬背上猛拍手。

「你是誰啊？」賽琳娜好笑地問。

「我是布布路……剛剛認識的朋友……哦，大名餃子，今年十四歲。」餃子艱難地做着自我介紹。

「我是賽琳娜，和這小子一樣，來自影王村。」賽琳娜指了指布布路，又衝餃子點了點頭：「從今天起，你就和布布路一樣，當我的小弟吧！」

餃子頓時傻眼了，自己的年齡好像比賽琳娜大那麼一點吧，怎麼沒說兩句，他就淪落成她的小弟了？

與此同時，布布路正緊緊地盯着那隻金獅，它的背上好像有甚麼東西：「大姐頭，你知道那隻怪物是甚麼嗎？」

賽琳娜的眼中流露出羨慕的神色：「那是非常稀有的高等怪物——巴巴里金獅！在藍星上的總數不超過十隻！」

餃子毫不吝嗇地送上讚美之詞：「哦……賽琳娜小姐……連這種事都知道，真是博學！」

「當然，我可是看過不少關於怪物的書！」賽琳娜得意地笑道。

「喂，你好！」布布路突然眼睛一亮，金獅背上原來坐着一個小男孩。由於小男孩的個頭實在太小了，如果不仔細看的話，他完全淹沒在金獅濃密的長毛裏，怪不得布布路之前沒注意到。

賽琳娜和餃子也向男孩打招呼。

「白痴。」男孩的表情就像陰沉的下雨天。他不屑地掃了一眼，對金獅低語了幾句。

金獅一聲長嘯，騰空邁開步子，一下子就超過了布布路他們，飛到了馬隊的最前頭。

「他⋯⋯他剛剛是在罵我們？」賽琳娜鬱悶地瞪大眼睛，從小到大村子裏的人看到她都是畢恭畢敬，而這個豆丁一樣的臭小子居然敢鄙視她！

「也許⋯⋯他說的『白痴』裏面⋯⋯沒有包括你⋯⋯哦──」餃子本着息事寧人的態度安慰賽琳娜。

但賽琳娜一點都聽不進去，驅動甲殼蟲就要衝上去教訓那個豆丁小子。可惜就算把甲殼蟲開到最大馬力，還是趕不上金獅的速度，賽琳娜只能看着他遠去的背影生悶氣。

「太帥了，好想騎騎看哦！」布布路絲毫不介意自己被人看扁了，反而躍躍欲試，恨不得能親自體驗金獅的厲害之處。

## 神祕的考官

死靈馬羣一直在峽谷內奔騰着，但他們卻遲遲看不到出口。餃子費力地仰起頭向上看去 ── 天空被夕陽染成了金紅色，落日的餘暉即將消失，峽谷裏的光線也逐漸變得暗淡。

「我真擔心太陽下山後，峽谷真的會閉合，到時我們和那些跳下來的人都要變成肉餅了！」餃子回想起剛剛那個本地人說的話，很是擔憂。

布布路撓撓頭：「好像是有這麼一回事。」

忽然大家眼前一暗，一個人影揚起身上的黑色斗篷，好像一隻大鳥飛撲下來！

餃子頓時雙眼發直，這……這不是那個大叫「不能跳，絕對不能跳」的本地人嗎？他怎麼會跳下來了？而且這姿勢，好像還很享受……

這時，太陽的光線已經完全被峽谷吞沒，天空只剩下一道狹長的裂縫，整個峽谷幾乎都籠罩在黑暗中，只有死靈馬身上幽藍的火焰照亮着四周。

「糟糕，峽谷要封閉了！」餃子一聲大叫，布布路和賽琳娜也感覺到來自山谷兩側的壓迫感，峭壁果然像蚌殼一樣開始緩緩地閉合。而那些之後跳下來的人全都後來者居上，一個個瘋狂地驅趕着死靈馬，超過了布布路他們。

「厲害！不得了啊！這個峽谷真神奇！」布布路興奮地大叫，全然不覺得危險。

兩邊的峭壁愈靠愈近，谷道變得狹隘到只容得下一匹馬通過，餃子感覺自己的身體已經觸到了峭壁，幸好谷口也近在咫尺了。

「快！」餃子甩動辮子，狠狠抽打着死靈馬的屁股，死靈馬吃痛，如同閃電一樣飛奔着衝出了谷口。

三人終於驚險地穿過峽谷，賽琳娜擦了一把汗，心有餘悸地望着身後的峭壁。

神祕的峽谷已經在他們身後合上，土褐色的岩石密不透

風，絲毫看不出剛才那裏有一道進出口。

「嘶——」死靈馬把布布路和餃子摔翻在地，便又鑽回了地下。

其他跳下來的考生也都聚集在周圍，其中包括騎金獅的傲慢小男孩。

「怎麼樣？我沒有騙你們吧，珍珠大峽谷真的會自己閉合。」那個黑衣青年走到人羣前面，清了清嗓子，笑眯眯地說：「各位的表現都不錯，我非常欣賞你們的勇氣……」

四周嗤笑聲不斷，顯然沒人對他有好感。

「喂，你是誰啊？不是說跳下來就能到達摩爾本十字基地，現在是怎麼一回事？基地在哪裏？考官怎麼也沒有出現？」有人不耐煩地打斷了他的話。

「考官？不就在你們眼前？」青年右手一揚，向眾人亮出一張銀光閃閃的特製考官證：「作為你們第一關的主考官，我簡單自我介紹一下——黑鷺，摩爾本十字基地的新生個人體能訓練導師。同時我宣佈，通過第一關的考生人數為九百五十六人，也就是在場跳下來的各位，恭喜你們。」

聽他這麼說完，人羣中一片譁然，不知不覺間招生會居然已經開始了！而且誰也沒有想到，這個煽動大家不要跳峽谷的人竟然是考官！

這也太卑鄙了，不知有多少人聽從了他的勸告，此時還懊惱地在峽谷上徘徊呢。

穿越時空的怪物果實
MONSTER MASTER 1

**新世界冒險奇談**
第六站 STEP.06

# 怪物果實爭奪戰
## MONSTER MASTER 1

## 甚麼?考試開始了

　　黑鷺並不理會考生們的議論,打量着留下來的考生,往年這一關的合格率為三分之一,今年居然變成了百分之一。不過他對「今年來參加招生會的人數空前大增」這點抱有疑惑。

　　「喂,那個背着棺材的小子,過來。」黑鷺頗有興趣地朝布布路勾勾手指:「你為甚麼想也不想就第一個跳下來了?」

　　餃子也忍住嘔吐,好奇地看向布布路。

　　布布路眨眨眼睛,不解地看着黑鷺:「需要想甚麼嗎?黑板

上不就是這麼寫的嘛！」

黑鷺考官摸着下巴，別有深意地笑了：「你叫甚麼名字？」

「布布路！」布布路說着，從口袋裏掏出羊皮卷申請表：「這是我的申請表，請你也給我的朋友餃子一張申請表吧！他很擔心今年沒有申請表就不能參加招生會！」

黑鷺雙眼發直地盯着那張羊皮卷，震驚得喃喃自語：「不會吧……這孩子就是收到魔靈獸送出的最高級別申請表的考生？院長還說要特別注意……呵呵，這下子有趣了！」

隨即，他的目光在布布路身上，上上下下左左右右地打量個不停。

「黑鷺考官，難道你不能給餃子一張申請表嗎？」見黑鷺遲遲沒有回答，布布路心急地問道。

黑鷺這才回過神來，事實上，在崖上他就覺得很奇怪，基地從來沒有發出過甚麼蟒蛇皮申請表，而現在發生於基地裏的異動是不是也與此有關呢？尼科爾院長又關照他們要留心，總覺得其中一定有甚麼玄機 —— 例如，陰謀？

為了不引起混亂，他並未做解釋，只是將羊皮卷還給布布路，並揚起脖子對眾人大聲道：「摩爾本十字基地只招收有真才實學的人，接下去就請各位憑實力來過關吧！」

所有人都被黑鷺的強悍氣勢給震懾住了。

這就是正牌的怪物大師嗎？果然是很了不得的樣子啊！

但這樣的氛圍並沒有維持太久，黑鷺的「威信」在下一秒就崩塌了，他指着餃子和其他幾個考生，刻薄地訓斥道：「哼哼哼，

我說你們幾個也太不像話了吧！竟然踩在馬身上，而你還吐了死靈馬一身！你們把這些珍獸當成甚麼了？想要成為怪物大師，首先就要學會尊重藍星上的任何一隻生物吧！這項考核的分數我會酌情扣除，希望你們好自為之，不要糟蹋這些高貴的生物！」

「扣分？太過分了吧，就為了區區一匹馬？」被扣分的考生發出不滿的噓聲。

騎着金獅的小男孩忽然冷冷地開口：「傳說死靈馬來自地獄的谷口，是一種珍貴稀少又難以馴服的烈馬。黑市上一匹死靈馬的價格就在七萬盧克以上，說它高貴一點都不誇張。只怪你們見識淺薄了！」

「甚麼？摩爾本十字基地到底是多了不起的地方啊，居然可以號令這麼一大批死靈馬！」

「哼，我看這小子分明是在拍考官的馬屁，甚麼『來自地獄的谷口』，難道我們現在是在地獄？簡直笑死人了！」

他們現在到底在甚麼地方呢？該不會真的到了地獄吧？

毫無預兆地，一道巨大的光柱襲來，將所有人籠罩其中。

「各位聽清楚了，我們正在被傳送到宇宙間最神祕的地方──時空裂縫！」黑鷥帶着笑意的聲音傳來，他似乎很享受考生們的不安。

## 混沌之樹和怪物果實

強光消失後，布布路愕然發現自己正處在一個不可思議的

地方。

這裏就是黑鷺所說的時空裂縫。景色其實和藍星沒甚麼分別，只是空氣中佈滿了七彩的流光，這些流光全部湧向了一棵通天巨樹，樹冠被籠罩在美麗斑斕的光芒中，無法看清全貌。

黑鷺指着那棵巨樹，慢悠悠地講解道：「這是一棵生存在時空裂縫中的混沌之樹，經過漫長的歲月之後，它開始孕育怪物果實。根據怪物大師協會的規定，每一年，琉方大陸上的每一個基地最高上限可以得到一百個怪物果實，但這並不意味着我們真的會招一百個新人！這一關的考試規則很簡單，在我丟出一百個怪物果實後，搶到果實的人，就繼續參加下面的考試，否則就被淘汰！」

「怪物果實是甚麼東西？可以吃嗎？」布布路一臉困惑。

拿着最高級別申請表的人居然不知道怪物果實？這真是太有趣了！黑鷺饒有興致地給這個特別的孩子做了個解答：「你只要知道，得到怪物果實就等於有資格得到怪物！」

說着，他吹了一聲響亮的口哨，七彩流光的天空中飛出一大片黑壓壓的影子！

「是蝙蝠！」布布路瞬間發現了玄機。

一旁的黑鷺為之一怔，沒想到這孩子的反應如此敏銳，看來有點本事啊！

籠罩在眾人頭頂上的正是許多巴掌大的小蝙蝠。它們的雙爪間緊緊地抓着甚麼東西，在空中快速扇動翅膀四散開來！

視力驚人的布布路清楚地看到這些小蝙蝠各自抓着一截粗短的紅褐色藤蔓，藤蔓下連着綠色的果實，這些果實表皮凹凸

起伏，佈滿了尖刺！

「怪物果實！」終於有人認出了那東西，這一聲大叫引發了所有人的動作，大家蜂擁着向這些蝙蝠追去！

「發呆幹甚麼？搶啊！」餃子猛推布布路一把，自己一馬當先跑到了人羣的前頭。

只是這些蝙蝠比考生們想像中難對付多了。它們一會兒飛到東一會兒飛到西，在你即將撲到它時，它會猛然升高；當你沮喪地想要放棄時，它又會故意飛近，讓你忍不住想再試一次。不過，即使你再試一百次，成功率也不會高於零。

黑鷥幸災樂禍地看着這一幕，嘴角愈翹愈高，發出的笑聲也愈來愈誇張。但很快，他就收斂起對考生們的嘲笑，目光迅速地在人羣中移動着。他追蹤的目標正是那隻巴巴里金獅，以及它的豆丁主人。

只見金獅輕鬆一躍，雄壯的爪子隨便一掃，就將幾隻來不及躲閃的蝙蝠拍暈了。騎在金獅背上的男孩不費吹灰之力，順勢就用披風接住了這幾隻蝙蝠，將怪物果實悉數納入懷中。

「哇噢噢噢噢——你好厲害啊！」布布路驚訝得嘴巴張得能裝下十隻雞蛋了。

男孩只是淡淡地掃了他一眼，並不理會。

但他的行為卻使其他考生分外眼紅，十來個身材魁梧的青年擁了上來，揮舞着武器，衝向落定在不遠處的金獅！

「這小子破壞考試規則！兄弟們，抓不到蝙蝠，搶這小子的也行！」

眼看男孩被圍住，布布路心急火燎地想要衝上去幫忙。

「嗷——」金獅突然發出一聲震耳欲聾的吼聲。襲擊男孩的考生還沒來得及碰到他的衣角，就被金獅震到石壁上，變成了壁畫。

「白痴。」金獅再次躍上半空，男孩冷哼一聲，不屑地揚起下巴譏笑底下的考生們。

親眼見識到巴巴里金獅的厲害，眾多考生雖然對男孩十分氣憤，卻只能乾瞪着眼，眼看着金獅風捲殘雲般地搶走一個個怪物果實。

另一邊，餃子的長辮子也發揮出驚人的威力，他將辮尾提在手裏繞了個圈，靜靜地盯着一隻迴旋在半空中的蝙蝠。

啪！說時遲那時快，他猛地一甩，那條軟軟的辮子竟然好似鞭子一般，快如閃電般地捲住了蝙蝠的身體，將它勾到了餃子的手中。

餃子沒有立刻取下蝙蝠，他警惕地掃視四周，發現果然有人兇相畢露地盯上了他。

不等那人靠近，餃子已經靈活地攀到了一塊凸出的岩壁上，那岩壁的大小有限，只容一人站立，既可縱觀全域又非常適合防禦。餃子這才不緊不慢地從辮子上取下怪物果實，並對底下打壞主意的人遺憾地聳了聳肩。

「看來這傢伙練過古武術！」黑鷥在心裏給餃子打了個分數後，目光便被一個細小的白色光亮吸引了。

只見避開人羣的賽琳娜從背包裏掏出了一塊白色晶石。

黑鷺眼睛一亮：「元素晶石？看來這個小姑娘也不簡單！」

在藍星上有各種能源，其中最特殊的就是這種元素晶石了，它的功能是根據晶石本身的屬性存放相應的元素，最基本的就是存放四大元素，水、火、土、氣，除此之外也會存放稀有的第五元素。而賽琳娜手上拿着的白色晶石，正是儲存氣元素的風石。

賽琳娜在一張網的四角分別綁上了一塊白色晶石。看準時機，旋轉四塊風石，氣元素釋放出來，帶着網直撲一隻蝙蝠，將它網住後，又一下子飛回到賽琳娜的手中。

賽琳娜順利地從蝙蝠爪子中拿到了怪物果實。

黑鷺滿意地點點頭：「操作的手法很純熟，不錯！」

## 人羣騷動，布布路的驚人絕技

此時，愈來愈多的人搶到了怪物果實，懸浮在空中的果實愈來愈少，而布布路仍然一無所獲。每次當他將要抓到的時候，小蝙蝠又調皮地從他手邊逃開了。

「布布路！加油加油！」餃子站在高處用歌唱般的音調給布布路打氣。

「哼，你要是被淘汰了，就等着被我擰掉耳朵吧！」賽琳娜也高聲警告道。

但令人緊張的是，怪物果實只剩下最後一個了！

攜帶着怪物果實的小蝙蝠，仿佛知道自己成了眾矢之的一般，加速飛翔，幾乎達到了人類眼睛無法捕捉的地步。

究竟誰能搶到最後的這顆怪物果實呢？

考生一個又一個地放棄了，但仍有不少人不顧一切地追逐着蝙蝠。

布布路突然停下了腳步，目不轉睛地盯着那隻蝙蝠。

難道這小孩打算放棄了？黑鷺不贊同地皺起眉頭，枉費自己這麼關注他，真是不爽啊！

只聽轟的一聲，布布路把背上的棺材扔了出去，重重地砸落在地上，激起塵土翻飛。

所有人都傻眼了。

「瞧他那棺材，竟然將地面砸出一個坑……」

「我看他背着棺材行動自如，還以為那棺材是紙糊的呢……」

「他想幹甚麼？」

誰也沒想到，卸下棺材的布布路速度加快了數倍，眨眼間，他如疾風般從一臉莫名其妙的眾考生眼前穿過，在躍起那一瞬間，布布路化身成了一隻矯健的獵鷹，張開雙臂撲向半空中！

「笨蛋，他這是往哪裏撲啊？那隻蝙蝠明明在……」賽琳娜原本想指一個地方，但是話沒說完，嘴巴卻變成了巨大的「O」形。

布布路在半空中翻了個跟頭，平安落地，而剛剛還四處亂飛的蝙蝠正被布布路抓在手裏！

「咦，他是怎麼做到的？那隻蝙蝠明明往東飛，可是他卻向北面撲，居然還抓到了！」

「難道他用了甚麼吸引蝙蝠的道具？那隻蝙蝠好像是自投羅網一樣飛到他手中的吧！」

「可是……他跑動的速度也太不可思議了吧！」

不少考生交頭接耳地議論起來。

「原來如此，他不僅提前判斷出了蝙蝠的飛行軌跡，而且還能追上蝙蝠的速度！呵呵，這小子表現得不錯啊！」黑鷺滿意地看着布布路直點頭，口中自言自語道。

布布路全然不知自己的表現給眾人帶來了多麼大的震撼，只是興奮地拎起了怪物果實，慶倖自己又過了一關。

# 怪物大師成長測試

**Q03** 在珍珠大峽谷前豎立着一張告示，要求參加摩爾本十字基地招生會的考生跳下懸崖，你會怎麼辦？

A. 直接放棄。

B. 二話不說，跳了！

C. 有人跳，我也跳；沒人跳，我就觀望。

D. 我先計算一下山崖有多深，風向如何，如果用降落傘的話，要在甚麼時候打開比較合適……

E. 我是交友不慎，才被拉着跳下去的！

## A【解析】

A. 好吧，其實成為怪物大師的道路不是只有一條，培訓怪物大師的機構也不是只有一家，塞翁失馬焉知非福呢。（7分）

B. 你是個單細胞熱血派！不過你最好反省一下，是不是經常無緣無故就被人給騙了？而且被騙了之後，還會幫人家數錢呢！（1分）

C. 你是堅持走跟風路線的穩妥型啊，槍打出頭鳥的事你肯定沒遭遇過吧？（5分）

D. 遇到問題很會想辦法，不過等你計算完，風向又變了怎麼辦？（9分）

E. 該哭訴「交友不慎」的不是你朋友才對嗎？（3分）

完成這個測試後，你可以得到一隻屬於自己的怪物！

測試答案就在第四部的 202，203 頁，不要錯過哦！！

這是成為怪物大師的必經之路！！！

這是每一個怪物大師的必經之路！向所有的困難發起挑戰吧！

找到最適合自己的解決辦法！

MONSTER MASTER
LOVE！ DREAMS！

●第六站●怪物果實爭奪戰

穿越時空的怪物果實

**MONSTER MASTER 1**

**新世界冒險奇談**

第七站 STEP.07

# 神祕的摩爾本十字基地
## MONSTER MASTER 1

### 過關的考生 VS 淘汰的考生

「時間到，測試結束！一共六十九人過關，其餘人淘汰！」黑鷺朗聲宣佈了這一關的結果。

「耶，過關了！」過關的考生熱情地高呼起來。

餃子跳下崖壁，高興地和布布路，還有賽琳娜擁抱在一起。

「這不公平！」有人跳出來指着金獅背上快要睡着的男孩不服氣地叫道：「這小子一人搶了三十二個果實，還不是靠自己的實力，哼！我覺得應該取消他的比賽資格，重新比過！」

這個提議立刻得到了許多被淘汰的考生的支持。

黑鷲目光犀利地掃了他們一眼，冷冰冰地說：「從頭到尾，我都沒說過，你們只能搶一個。考試的目的是擇優錄取，搶不到只能說明你們能力不夠！至於他——不用你們費心，接下去的考試會說明一切！」

「對哦，黑鷲考官的確沒有說過呢！」布布路恍然大悟地拍着腦瓜：「不過你真厲害呀，一個人就能搶三十二個，我好不容易才搶到一個！」

說着，布布路一臉羨慕地跑到男孩旁邊，絲毫沒有注意到周圍憤怒的目光。

「嗨，我叫布布路，來自影王村，今年十二歲！你呢？叫甚麼名字？從甚麼地方來的？」布布路熱情地對男孩打招呼，很想跟他交上朋友。

男孩不耐煩地瞪了布布路一眼，扭過臉看向不遠處的地面——

那裏已經被布布路的棺材砸出了一個深深的大坑！

原本以為他背的只是普通的石棺，但現在看來，這口棺材的材質必然非同一般，重量至少在一百千克以上！如果一開始這傢伙就拿掉棺材的話，應該一下子就能搶到怪物果實了吧！單純只比速度的話，沒人能贏得過他吧？

布布路毫不在乎對方對自己的漠視，依舊滔滔不絕地搭話：「你的金獅太威風了，它有名字嗎？你是怎麼得到這隻怪物的？它有甚麼絕招嗎？」

看着布布路像傻瓜一樣圍着他手舞足蹈，男孩右額的青筋煩躁地跳動着，一字一頓地報出了自己的名字：「帝奇。」

「原來你叫帝奇啊！我可以和你交個朋友嗎？對了，我還可以給你介紹另外兩個朋友……」布布路的「自說自話」變本加厲。

就在帝奇險些發飆的時候，黑鷲拍拍手，朗聲道：「好了，合格的人和我一起去十字基地。其他人會被傳送回珍珠大峽谷，在那裏會有死靈馬送你們出谷。」

被淘汰的人聚到一起，其中有不少人對過關的考生產生了深深的嫉妒，尤其是這兩個年紀最小的孩子——囂張的帝奇和不識相的布布路。

有人率先出聲了：「該死的，如果不是他一個人搶了那麼多怪物果實，我們本來能通過考試的！」

落榜考生們的怒火瞬間爆發了！他們無一例外地認為，帝奇多拿到的三十一個怪物果實中一定有一個原本屬於自己，於是他們紛紛揚起武器，向帝奇和布布路包圍過去。

賽琳娜立馬義氣地衝過去幫忙，一邊用風石逼退那些靠過來的人，一邊嘴裏不忘挖苦帝奇：「豆丁小子，誰讓你那麼囂張？要不是看在我的手下和你是朋友，我才不管你的死活呢！」原來她還記恨在峽谷裏的事。

「誰是豆丁小子啊！」被戳中痛處的帝奇臉漲得通紅，指揮金獅兇猛地反擊那些落榜生。

「原來我和帝奇已經是朋友了啊！真是太好了！」布布路興奮地將棺材拎在手裏，一個轉身，呼啦掃倒一圈人。

## 金剛狼的突襲

眼看落榜生裏三圈外三圈地把三人團團包住，情況十分不妙！

餃子謹慎地向黑鷥建議道：「考官大人，時間不早了，您不如趕緊帶我們去十字基地吧？」

沒想到黑鷥不以為然地擺擺手：「如果你擔心他們的話，可以去幫忙。考試就要這樣才有趣啊！」

這個考官是唯恐天下不亂吧！餃子難以置信地看着黑鷥。

「鬧成這樣太不像話了！」一個嚴厲的聲音從他們背後傳來。

餃子回頭一看，那個和黑鷥長得一模一樣的白衣青年從白色光柱裏走出來，威嚴地對黑鷥說：「給你三分鐘，把問題解決！」

他的命令立刻起了作用。黑鷥揚起手，一隻威風凜凜的黑狼出現在他的身邊！

「那是……金剛狼！」一個考生發出了驚呼。

金剛狼如離弦之箭般衝進了人羣，一路掃蕩，把那些企圖反抗的人當作蘿蔔一樣叼在嘴裏，扔向四面八方。落榜生們頓時被這種暴力方式震懾住了，全都不敢再輕舉妄動。

黑鷥整整衣飾，擺出考官該有的架勢，高聲說：「如果你們繼續鬧下去，我會永久取消你們的考試資格！」

他的話立竿見影，落榜生們灰溜溜地進入了傳送光柱。大家心裏都很清楚，如果因為意氣用事，而永遠被摩爾本十字基地拒之門外的話，那實在是太不划算！

傳送光柱瞬間送走了所有的落榜生。黑鷥鬆了口氣，對着身邊的青年露出嬉皮笑臉的本性：「三分鐘，搞定！」

　　那青年根本不想搭理黑鷥，只是簡短地向餘下的六十九個過關者作了自我介紹：「我是白鷥，也是考官。請大家跟我通過傳送光柱前往摩爾本十字基地。」

　　數秒鐘後，布布路擦了擦眼睛，摩爾本十字基地出現在一片白光中。

　　「哇！這裏就是訓練怪物大師的地方！」

　　摩爾本十字基地位於琉方大陸最繁華的都城 ──「北之黎」

的城中位置。

　　基地的構造猶如一顆璀璨的十字星，全白色的大理石在月色下閃閃發光，分東西南北開了四道大門，一直延伸進商業街內。中心部分呈圓形，由三層從高到低的圍牆向裏凹陷，是一個巨大的訓練場，看起來就像一座氣勢宏偉的小要塞。

　　餃子的眼珠都要飛出來了，恨不得馬上四處兜上一圈。

　　「嗯，這裏比影王村要大上一倍！」賽琳娜拿出具有攝像功能的貓眼晶石，不停拍攝。

　　帝奇也充滿興趣地在金獅身上左顧右盼。

　　布布路摸索着走道上老舊的牆壁，興奮不已。也許，他能

找到焰角‧羅倫用過的東西⋯⋯也許，他能找到父親生活過的痕跡⋯⋯想到這裏，布布路的目光愈發堅定起來，他暗自下定決心一定要通過怪物大師的考試。

可是⋯⋯他用鼻子嗅了嗅，總覺得自從進入基地起就好像聞到了某種熟悉的味道。

## 基地的異動

當考生們都沉浸在成功進入基地的喜悅中時，只有餃子注意到兩個考官的表情在進入基地後就漸漸起了變化，好像在擔心甚麼的樣子。

白鷺深吸一口氣，高聲道：「現在由我來說明一下招生會的流程。接下來，你們還將面臨三關，分別是：孵化、對戰和團隊賽。在通過三關後，你們將作為怪物大師預備生在基地接受培訓。請各位務必加油！現在，基地會給你們每人分配一個房間，在明天早上八點之前，用怪物果實孵化出屬於自己的怪物！只有擁有自己的怪物才能進行下一輪考試。

「記住，將自己的精神力與時空盡頭的怪物同步這是孵化的唯一要點。至於要如何達到同步就是你們需要思考的問題了！一旦你們孵出怪物，它就會視你們為主人，和你們簽訂心靈契約，終身為你們而戰，直至生命的盡頭。當然，我也可以告訴你們獲得怪物果實以及怪物的途徑並非只有一種，在黑市交易中，總有人能通過意想不到的途徑來獲得它們，但花費也是巨

大的 —— 一顆怪物果實的價值通常都是以『億』為單位來計算的。但這並不是成為怪物大師的正確之途，我希望你們不要動這樣的歪腦筋！

「最後，我鄭重警告各位，老老實實地待在自己的房間裏，不要在基地裏隨便走動！絕對不許進入基地東塔樓！一旦發現違規者，將直接取消考試資格。還有問題嗎？」

考生們被白鷺嚴厲的聲音嚇到了，面面相覷，誰也不敢發問。

忽然，布布路高高舉起雙手，大聲問：「考官，請問基地提供晚餐嗎？我的肚子快要餓癟了！」

眾人哄堂大笑，原本凝重的氣氛瞬間一掃而空。

白鷺面無表情地回答：「晚餐會送到每個考生的房間裏去，三菜一湯一份麵包，不夠的話就按鈴要求添加。好了，現在各位依次進入寫着自己名字的房間吧。」

考生們按次序排着隊，幾個連考了好幾年的考生在其中竊竊私語起來：

「今年摩爾本十字基地很奇怪啊，以往都很熱鬧的，現在卻安靜得詭異，也看不到這裏的師生們。」

「沒錯，往年從沒設過甚麼禁區，考生可以隨意在學校餐館用餐。」

……

餃子不動聲色地跟在這幾人後面，又偷偷看了看正在悄聲密談的白鷺和黑鷺，心中有了想法 ——

看來，摩爾本十字基地不光出事了，而且還是大事件。

## 移動的綠色疱疹

事實與餃子的猜測相去不遠，當所有考生都進入封閉式房間後，白鷺和黑鷺腳步匆匆地趕到了東塔樓。一個身材高挑的美貌女子正在那兒等着。

黑鷺急切地問道：「科娜洛，基地現在的情況怎麼樣了？」

科娜洛滿臉憂慮地低聲說：「簡直糟透了！幾乎三分之二的導師和學員都長出了可怕的綠色疱疹……對了，這些考生還不知道基地的情況吧？」

白鷺沉重地點頭：「如果外界知道基地正流行這種怪病，基地必然名譽掃地。為了避免騷動，我們沒有對外宣佈這個消息。這是我們從考生那裏收上來的蟒蛇皮申請表，麻煩你檢驗一下是不是有問題。」

說着，他將一疊厚厚的申請表交給了科娜洛。

科娜洛歎了口氣：「目前也只能這樣了，雖然亞克的信中提到要我們警惕，還描述了影王村發生的意外事故，但那裏的村民所感染的綠疹病並不嚴重。亞克所建議的中和毒素方式並不能醫治好我們基地裏的患者。更可怕的是，他們身上的綠色疱疹仿佛會自行移動一樣，全都爬到脖子上，纏繞成一圈，並且愈縮愈緊，患者就像是落入了死亡的繩索中，呼吸日漸衰弱……唉，情況相當糟糕啊！」

　　黑鷲急躁地抓了抓頭髮：「這樣下去招生會隨時有可能被迫停止！為了盡快找到真正優秀的人才，這回必須要下一劑猛藥才行！」

　　「所以你們兩個就把考試內容給篡改了，直接讓那些考生孵化怪物果實？可是沒有理論基礎的支持，他們能行嗎？」科娜洛擔憂地問。

　　「我相信能搶到怪物果實的人必然有一定實力，孵出怪物的成功率應該不會低於百分之五十，就是不知道今年會出現一些甚麼樣的怪物了，希望能有特別的意外驚喜吧！」白鷺期待又不安地看向考生們的房間。

　　「怪物果實會根據每個人的靈魂和能力屬性的不同，孵化出不同的怪物。有句話說得好，甚麼樣的人養甚麼樣的怪物！等着瞧吧，絕對會很有意思。」黑鷲勾了勾嘴角，不知道那個拿着最高等級申請表的孩子，會孵出甚麼樣的怪物呢……

　　白鷺打起精神說：「我們摩爾本十字基地經歷了那麼多的風雨考驗，絕對不會被小小的皰疹打敗！走，黑鷲，我們去看看那些考生們的表現怎麼樣。」

　　「這樣也好，至少先把手邊的事情處理妥善，」科娜洛認同地點點頭：「那我去調查這些申請表了。」說完，她匆匆轉身離去。

　　白鷺和黑鷲也回到了基地走廊盡頭的考官監控室。

# 穿越時空的怪物果實
## MONSTER MASTER 1

**新世界冒險奇談**
第八站 STEP.08
# 各自孵化
## MONSTER MASTER 1

### 亂七八糟的孵化方法

　　封閉式的房間裏，布布路很快解決了他的晚餐。

　　那隻怪物果實被謹慎地放在地板中央，布布路繞着它走了好幾圈，出神地盯着那個酷似飯後水果的奇怪果實。

　　「到底要怎麼做才能從這個果實裏孵化出怪物呢？」布布路一邊喃喃自語，一邊好奇地摸向那隻怪物果實。

　　果實的表皮都是刺，布布路小心地用手指頭輕輕碰了碰它，又拎起來使勁搖了搖⋯⋯

就這樣顛來倒去地玩了一會兒，布布路忽然眼睛一亮：「有辦法了！」

他迅速取過牀上的棉被，披到身上，又將那個怪物果實抱在懷裏，一臉滿足地躺在地上。

屬於我的怪物會是甚麼樣子呢？布布路帶着各種幻想進入了夢鄉。

考官監控室中，利用裝在每個房間裏的電子眼看到這一幕的黑鷺忍不住發出疑問：「喂喂喂，他在幹甚麼？難道他以為自己是在孵蛋嗎？」

白鷺沒有發表任何意見，轉手將螢幕切換到另一個房間。

出現在畫面上的是餃子。他盤膝坐在地上，閉着眼睛，呼吸緩慢綿長。漸漸地，他手中怪物果實的果皮上泛起熒熒的綠光，一道細小的裂紋出現了，並一點點地擴大開來……

「這個狐狸臉在搶奪果實時表現得相當機敏，不僅巧妙地搶到了果實，還利用環境優勢保住了勝利。當他的朋友陷入麻煩時，他也沒有衝動行事，而是馬上想到讓我用考官的身份來阻止打鬥。總之，是個聰明的傢伙，而且善於分析情勢變化。」黑鷺給出了中肯的評價。

白鷺點點頭。雖然黑鷺看上去總是吊兒郎當，但從不會忘記自己的職責。

「還有這個小姑娘，也很有頭腦。」黑鷺切換螢幕，指着畫面中忙於翻閱資料的賽琳娜說：「個性好勝，講義氣，會不計後果地跳出來幫助朋友。她隨身攜帶了不少元素晶石，作為初學

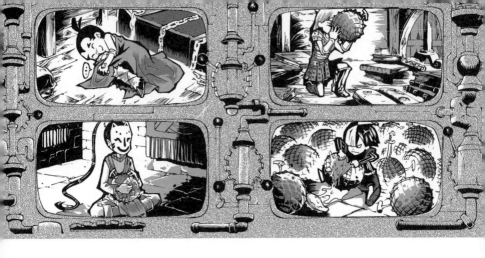

者來說，使用的手法還算熟練。但想要更深入地掌握各元素間的轉換和使用，還需要好好修煉。」

畫面中的賽琳娜已經從一大堆厚厚的資料書中找到了可行的方法。她雙手抱起怪物果實，用額頭抵住果實，集中精神，開始將心裏對怪物的期許轉化成語言唸誦出來，果實隨即散發出了一點光亮。之後，愈來愈多的光亮從果實內迸射出來……

「看來她也沒甚麼問題了。」白鷺滿意地繼續切換螢幕，但接下來出現的畫面卻讓一向面無表情的他也呆若木雞。

「這個豆丁小子在搞甚麼鬼啊？我本來以為他和你一樣愛裝酷，沒想到……哈哈，他還挺逗的。」黑鷺捧着肚子誇張大笑。

就見帝奇舉起一把鋒利的刀，毫不猶豫地對着一隻怪物果實劈下去，一堆濃濃的汁液流了出來。帝奇連忙掩鼻將劈成兩半的怪物果實丟到房間的一角。那裏已經躺了好幾個破損的怪物果實。

「喂，那可不是給你吃的！」看到巴巴里金獅叼起一個怪物果實，帝奇連忙從它嘴巴裏把那個果實搶了過來，將自己一口都沒動過的晚餐推到金獅面前，還從行李裏翻出兩個牛肉罐頭給

它加餐。

金獅津津有味地享用起晚餐。帝奇又專心地去對付那一堆怪物果實了。

「難道是和溫度有關?」帝奇打開一個口袋,從裏面倒出一堆顏色各異的石塊。

如果這些石塊被賽琳娜看到,一定會羨慕得不得了,因為它們全都是珍貴的元素晶石。帝奇卻將它們當成路邊的小石子一般,漫不經心地撿起兩塊,開始對怪物果實進行令人匪夷所思的實驗 ——

嘗試用火石給怪物果實加熱,結果把果實給烤焦了。

失敗!

嘗試給怪物果實降溫,打算進行低溫孵化,結果果實被凍成冰塊後粉碎了。

失敗!

乾脆自己吃下去,結果才咬了一口,就嘔吐不止。

失敗!

……

「嘿,這小子浪費起東西來還真是毫不心疼啊!別人只有一個果實,所以都很慎重地在想辦法,只有他在亂來。」黑鷥露出看好戲的表情。

「看來他完全沒有理解我說的話,再這樣下去,他只會把三十二個怪物果實都毀了。」白鷥似乎不太看好帝奇。

黑鷥幸災樂禍地說:「那可不見得,說不定他還沒破壞完,

時間就到了，我們還可以回收幾隻，哈哈！」

白鷺皺了皺眉，切換螢幕，轉向其他學生所在的房間。

## 暗 地裏的災難

時間一分一秒地流逝，東方泛起了魚肚白，距離孵化結束的時間愈來愈近。

就在黑鷺開始打哈欠的時候，傳來了白鷺的驚呼：「不好！出事了！」

局部放大的螢幕上，一個年輕的考生痛苦地癱倒在地，脖子和手腕處不知何時佈滿了噁心的綠色皰疹。最為可怖的是，這些皰疹鼓脹着，順着皮膚開始向上爬去……短短幾分鐘後，這個考生的脖子上就纏繞了一圈化膿的皰疹！

大大小小的綠色皰疹不斷地鼓起，膨脹，湧動，如同一條活蛇不斷地收緊，蛇頭的位置掐住了考生的喉管，蛇尾還在急劇擺動着，似乎在繞過後脖子向蛇頭處靠近……

考生的臉色憋得發青，喉嚨裏發出嗦嗦的抽氣聲，最後兩眼一翻，昏死過去了！

「這個外來的考生原本身體健康，現在卻長出了皰疹，顯然是進入基地後才感染的！」白鷺對眼前的處境感到十分棘手。

「現在怎麼辦？看，又一個被感染了！」黑鷺指着另一個房間裏的考生，急切地大叫：「難道要我們眼睜睜看着這些考生全都倒下嗎？尼科爾院長那邊為甚麼還沒消息？到底甚麼時候才能

找出基地裏的病源啊？」

「冷靜點，黑鷺。院長還在調查，估計還需要幾天時間。」白鷺調整螢幕讓所有考生的房間同時在螢幕上顯示，果然，爆發皰疹的人員還在增加。

「看看這些人，雖然到目前為止還沒有因為皰疹死亡的病例，但他們的身體素質明顯不比我們基地裏的人強。科娜洛也說了，如果找不到救治的方法，情況堪憂！這些考生要是在我們基地裏出事了，我們基地的名聲就徹底毀了！」黑鷺急得團團轉。

白鷺皺着眉頭想了想，果斷地說：「先把患病的人送到東塔樓，與其他考生隔離開。」

「光是隔離有用嗎？其他人……」黑鷺遲疑地看着白鷺。

白鷺歎了口氣，沉重地說：「這種怪病的傳染性很強，還有短暫的潛伏期。很可能之後幾天，新的患者就會陸續出現，在還不能確定病源的時候，我們能做的只有時刻警惕，避免更大範圍的擴散，千萬不能讓病患到城裏去！」

「好吧！如果讓我發現這是有甚麼人蓄意搞破壞的話，我決不輕饒他！決不！」黑鷺攥着拳頭立誓。

兩人記下幾個感染皰疹的考生名字和他們所在的房間號碼，神色匆匆地離開控制室。

## 誕生了？布布路的怪物

當第二天晨曦照進窗戶，布布路伸了個懶腰，掀掉被子，

從地上爬起來。

懷裏的怪物果實已經枯萎，卻沒有怪物！難道自己孵化失敗了？可是他以前看到村子裏的老母雞都是這樣孵小雞的啊！

布布路撓着後腦勺，不解地盯着自己手裏枯萎的怪物果實發呆。

「布魯！」

一個奇怪的叫聲從他身後傳來。

布布路猛一回頭，一道黑影咻地朝他撲來！布布路眼前一黑，一個毛茸茸的東西覆蓋住了他的臉，他趕緊伸手去抓。

這是甚麼？

被布布路抓在手裏的是一隻長相奇怪的怪物，渾身紅色的短絨毛，但並不是鮮艷的火紅，而是難看的鐵銹紅，加上肚子上

那道十字星的青色傷疤，形成了一種詭異的撞色效果。它的腦袋上長着一對曲折滑稽的兔子耳朵，又配了副堅硬的金色獸角。更可笑的是，這兩隻獸角看起來好似兩隻沒長大的芭蕉，一點都不威猛。而那對集中在鼻子兩邊的銅鈴般的眼睛，好像凸起的金魚眼。

此刻，它惡狠狠地瞪着布布路，扁長的嘴巴大大地咧着，露出一排尖尖的牙齒。

「布魯！布魯！布魯！」怪物發出難聽的叫聲，爪子對着布布路胡亂抓撓，想要從他的手裏掙扎出來。

「好痛！」布布路被怪物的長耳朵抽中了臉頰。他剛一鬆手，怪物就撲上來，像啄木鳥一般用那對金色的獸角猛戳布布路的腦袋。

「你，你，你……住手啊！哎喲，疼死了！」布布路在房間抱頭鼠竄，怪物則窮追不捨。

布布路實在想不明白，這真的是自己孵化出來的怪物嗎？可是，它為甚麼一點都不聽話？還有，它長得也太醜了吧……

當布布路感到自己的頭快像松果一樣裂成兩半時，規定的時間終於到了。嘎吱——房間的門打開了，醜八怪怪物如同閃電般衝了出去！

「喂喂喂，你別跑啊！」布布路手忙腳亂地背起棺材追了出去，跟在怪物後面一路狂奔。

那隻怪物仿佛認得路一樣，左嗅嗅右聞聞，竟然引着布布路闖進了基地的廚房。

偌大的廚房裏靜悄悄的，一個人也沒有。

咕嚕咕嚕……大鍋裏發出一聲聲的躁動，慢火舔食着黑漆漆的鍋底，似乎在煮着甚麼東西。

只是，這股味道……布布路使勁地嗅了嗅，皺起了眉頭。這股味道怎麼聞都不像是食物的味道，而是一股辛辣刺鼻的草藥味。

奇怪，難道十字基地的廚房裏常年都彌漫着這股怪味嗎？

布布路忍不住捏住了鼻子，巴不得早點離開這裏。與他截然相反的是，那個怪物卻興奮得上躥下跳，仿佛來到了天堂。

「布魯！」怪物衝到了餐桌前，一把拉開食物罩，撲向一個大大的奶油蛋糕。

「你怎麼可以這麼做？快住手！」布布路急得忘記了空氣裏的怪味，衝上去想要阻止怪物，卻撲了個空。

怪物掃蕩一般在長長的餐桌上左右亂竄，隨手抓起各種食物往嘴巴裏塞，一時間，蛋糕、布丁、薄餅……數不清的食物從布布路眼前一一飛過、落下。

「停下！不要吃了！」布布路爆發了。他一腳跨上餐桌，縱身一躍，一下子將那隻愛搗亂的怪物壓在身下。

「布魯 ——」怪物發出淒慘的叫聲，揮動着爪子想要掙脫出去。

但這次布布路不會再讓它跑掉了。他利索地抓住怪物的雙爪，將它塞進棺材裏關好。

就在布布路打算離開的時候，聞到了一股熟悉的氣味。他清楚地記得，這股氣味和在影王村裏聞到的一模一樣。他用力嗅了嗅，氣味來源之處正是東塔樓禁區！

「啊啊 ——」一陣痛苦的呻吟聲隱隱約約地從那裏傳來……

基地裏出了甚麼事嗎？要不要去查清楚呢？布布路心中猶豫起來。

「布魯布魯！」棺材裏的怪物拚命地敲打起棺材蓋。這下提醒了布布路，下一關考試要遲到了！

糟了！可不能再耽誤時間了！布布路一拍腦門，飛一般地衝向白鷺指定的集合地點。

# 怪物大師成長測試

你在招生考試階段得到了一隻來自時空盡頭的怪物果實，你會怎麼處理它呢？

A. 孵化怪物。

B. 將它拿到黑市出售。

C. 祕密收藏。

D. 作為有趣的素材好好研究。

E. 當飯後甜點吃掉。

## A 【解析】

A. 很好，你的志向和布布路是一致的，繼續向怪物大師的道路前進吧！（1分）

B. 嘿，貪財鬼，你好！（5分）

C. 喜歡收集的人總是會不由自主地……（3分）

D. 遇到你這種人，怪物果實表示它很害怕！（9分）

E. 雙子導師，這裏有怪人，快來啊！（7分）

完成這個測試後，你可以得到一隻屬於自己的怪物！

測試答案就在第四部的 202，203 頁，不要錯過哦！！

這是成為怪物大師的必經之路！！！

這是每一個怪物大師的必經之路！向所有的困難發起挑戰吧！

找到最適合自己的解決辦法！

MONSTER MASTER

第八站 ● 各自孵化

## 穿越時空的怪物果實
### MONSTER MASTER 1

**新世界冒險奇談**
第九站 STEP.09

# 集合！怪物大盤點
## MONSTER MASTER 1

### 水精靈和藤條妖妖

　　當布布路氣喘吁吁地趕到集合地點時，其他人都已經到了。

　　「對不起，我來晚了。」布布路趕緊跑向站在樹下的賽琳娜和餃子。

　　「布布路，你看。」賽琳娜興高采烈地伸出手，一股冰涼的水柱噴射到布布路的臉上。

　　「大姐頭，你幹甚麼啊？」布布路抹了一把臉，低頭一看，賽琳娜雙手托着一隻晶瑩剔透的藍色怪物。它長得有點像海馬，

身上覆蓋着冰藍色的鱗片，一雙小小的耳翼好似造型優美的扇子，背上還長着兩隻薄薄的翅膀。那模樣真是可愛極了。

賽琳娜將怪物放到地上，它瞬間又長大了不少，賽琳娜寵愛地摸了摸怪物的頭，向布布路介紹道：「我孵化出來的怪物是自然系的水精靈，它以水元素為力量來源，所以體形是不固定的。」

「元素系？」布布路滿頭霧水地打量着水精靈。

「真受不了你，連怪物的系別都不清楚，竟然還想當怪物大師。」賽琳娜一副頭痛的表情。

「還是由我這個知識淵博的人來為你講解吧。」餃子清了清嗓子，裝模作樣地說：「昨天考官所說的通過怪物果實孵化出怪物，其實也就是以怪物果實為媒介，從時空的盡頭把怪物召喚過來。這些怪物都擁有各種特殊能力，目前按照人類的知識，可以將怪物分成三大系別，分別是：元素系、物質系和超能系。元素系也被稱為自然系，主要是通過控制元素作戰。除了我們所熟悉的最古老的四大元素土、水、火、氣之外，還有神祕的第五元素 —— 紐瑪（Pneuma）。」

「紐瑪？」布布路更加迷糊了。

「之所以說紐瑪是神祕的，是因為人類無法捕捉到它的具體形態，不過你可以這樣來理解它。比如說力量、感覺、想像、顏色、氣味、濃度、溫度等全都是由第五元素 —— 紐瑪進入物質而生成的。所以擁有控制紐瑪能力的怪物通常都是非常強大的，它們可以掌握黑暗、光明、雷電、岩漿、濃煙等特殊技能。」

布布路聽得兩眼放光，欽佩地說：「你知道得可真清楚啊！

那你的怪物是甚麼系啊？」

「唧——」一個細小的叫喚聲從餃子背後傳出，接着，一隻綠色的怪物揮舞着四根藤條觸手爬了出來，它的身上覆蓋着一層細細軟軟的小毛刺，頭上頂着大大的粉色花蕾，慢慢地站到餃子的肩膀上。

「這是我的怪物——藤條妖妖，它在向你打招呼哦！」餃子介紹道。

布布路輕輕地碰了碰這隻怪物頭上的花蕾。

「唧唧唧……」誰知怪物竟然害羞地用藤條捂住了眼睛，但是頭頂上的花蕾卻慢慢綻放，變成美麗的花朵，散發出芬芳的味道。

「布布路，它很喜歡你哦。只有當它心情很好的時候，頭上的花蕾才會綻放。」餃子笑瞇瞇地介紹道：「藤條妖妖是屬於物質系的怪物，雖然現在看起來很弱小，但是等它再長大一點，應該會很厲害！」

「噢噢噢！餃子你能聽懂它在說甚麼嗎？」布布路崇拜地看着餃子。

「那當然！怪物跟主人達成心靈契約後就能用心聲交談，我自然能聽懂它的話！」餃子得意地補充道：「另外像藤條妖妖這種物質系的怪物主要以打擊、噬咬、衝撞等方式作為戰鬥手段，給對方造成物理傷害。強壯、敏捷、高傷害和高防禦是物質系怪物的主要特徵。而超能系是非常特殊的系別，它們超越了元素系與物質系本身，具備了超常的能力，比如說變身、模

仿、讀心術等。」

「哇！餃子懂得真多，真是了不起啊！」布布路一邊感歎，一邊看了看身後的棺材，為甚麼他和他的怪物不能用心聲交談呢？

「好了好了！你快去登記吧，」賽琳娜拿出一本書對布布路說：「這本是由怪物大師著作委員會編繪的怪物圖鑒，裏面記載着各種各樣的怪物。你到白鷺考官那兒登記好自己的怪物後，他就會把這本怪物圖鑒給你。剛剛我們說的書裏都有記載。」

「原來如此，我馬上過去！」布布路趕緊跑向不遠處臨時搭建的登記台，白鷺就坐在那裏。

## 滿頭霧水！它叫四不像？

登記台前考生們已經排了長長一隊，表情有喜有憂。一個熟悉的身影排在隊末。

「早啊！」發現排在自己前面的人是帝奇，布布路爽朗地向他打招呼。

帝奇回過頭，臉上掛着兩隻嚴重的黑眼圈。

布布路一愣，心裏的想法脫口而出：「你昨晚沒睡覺？」

帝奇黑着臉不理他。

前面的考生陸續離開，很快輪到了帝奇。白鷺抬頭看了他一眼，冷淡地問：「你的怪物？」

帝奇沉默地將幾個完好的怪物果實放到桌上。

「哈哈哈！」笑聲響起，黑鷺不知何時晃了過來。他數了數桌

上的怪物果實，表情誇張地說：「我記得你昨天捕捉到三十二個怪物果實，現在只剩下四個，難道說你昨晚試驗了二十八次都沒成功？嘖嘖……真是太慘了！」

「你！」帝奇憤怒地握緊拳頭，看了看桌上剩下的怪物果實，又挫敗地放下手。驕傲的表情從他臉上消失，帝奇深吸了一口氣，似乎默認了自己的失敗，隨即轉身準備離開。

「等一下，你忘記東西了。」白鷺叫住他，將一本怪物圖鑒交到他手裏。

「為甚麼？我明明沒有成功孵化怪物啊！」帝奇備感驚訝。

「不為甚麼，反正你有巴巴里金獅。」白鷺說這句話時口氣很平淡。

帝奇的眼神瞬間暗淡下來，仿佛受到了天大的羞辱。但很快，他就恢復了以往囂張的眼神，將手中的怪物圖鑒狠狠地扔回桌上，冷冷地說：「沒錯，我有巴巴里金獅就夠了，那些垃圾怪物我不需要！」

「嘴真硬。」黑鷺嗤笑一聲，目光轉向排在下一個的布布路：「小子，你的怪物呢？」

「布魯……」就像是回應黑鷺的問題一樣，那隻怪物又在棺材裏不安分地亂動起來。

布布路只能硬着頭皮打開棺材，一隻看起來髒兮兮的醜八怪跳到了桌上，啪啪地跺着腳，一臉不滿地瞪着布布路。

黑鷺頓時爆笑道：「這就是你用那種稀奇古怪的方式孵化出來的怪物？哈哈哈，我從來沒有見過這麼醜的怪物……嗚，肚

子疼!」

「布魯!」被鄙視的怪物發飆了，一口咬住黑鷺伸來的手指頭。布布路趕緊上去把怪物抓走。黑鷺齜着牙甩着紅腫的手指，不敢再說這隻怪物的壞話了。

負責登記的白鷺從上到下仔細打量着這隻奇特的怪物，為難地停住了筆。他看過的最權威的怪物圖鑒裏面也沒有介紹過這樣的怪物。

白鷺摸了摸下巴，這隻奇特的怪物除了肚子上有個醒目的十字傷疤，從外貌上也看不出甚麼特點。他猶豫了一會兒，最終只好無奈地寫下：四不像。

布布路好奇地湊過來一看：「原來它叫四不像啊！那它是甚

麼屬性的怪物?」

　　這個問題同樣難倒了白鷺,從外形來看這隻怪物的爪牙殺傷力並不太強,也不像擁有了甚麼特殊的技能,身上也感覺不到特別強烈的元素,還真不好判斷。

　　黑鷺一巴掌拍在布布路肩上,趾高氣揚地說:「急甚麼,等一下的測試中你就知道了!去去去,排隊去。」

　　布布路只好抱着四不像回到了台下的考生羣中。

## **不**合理的失蹤

　　白鷺合上手裏的記錄本,高聲宣佈:「下一關考試馬上開始……」

　　他的話音剛落,就有考生跳出來指着帝奇抗議:「不公平!為甚麼這小子沒成功孵化出怪物,卻能進入下一關考試?」

　　白鷺輕描淡寫地說:「我之前已經明確地告訴過各位,擁有自己的怪物就能進行下一關考試,他有巴巴里金獅當然可以參加考試。」

　　那位考生瞬間噤聲。

　　與此同時,餃子的眼珠子滴溜溜地打着轉,快速地掃過周圍的考生,似乎嗅到了一些危險信號:奇怪,怎麼有幾張熟面孔不見了呢?

　　想着,他細數了一下周圍的考生,四十三個通過者,十七個淘汰者,加起來等於六十,這人數顯然不對啊!

賽琳娜也注意到這點，她不像餃子那樣在暗地裏自己推理，而是直接提出疑問：「白鷺考官，我記得昨天參加孵化怪物的人一共是六十九個，現在怎麼少了九個呢？」

白鷺與黑鷺互看一眼，瞬間變了臉色。

這時，考生中有人開始說話了：「昨晚我依稀聽到隔壁傳來很淒慘的聲音……那個青年今天沒來登記！」

「我也聽到了，本來還以為是自己在做夢呢！不會發生甚麼意外了吧？」

考生們交頭接耳地交換着資訊，顧慮和不安迅速地蔓延開來。

「安靜，」白鷺嚴厲而又簡短地說：「因為私人原因，他們已經退出了考試！」

「真可惜啊，如果是我，不管發生甚麼事，都不會輕易放棄考試的！」布布路不禁遺憾地搖搖頭。

「是啊，這麼重要的招生會，一般人絕對不會隨便放棄的，何況是九個人同時放棄……」餃子順着布布路的話點到為止。其實他早就感覺到十字基地裏隱藏着不為人知的祕密，而這個祕密很可能就和那棟被警告不得進入的東塔樓有關，不過現在是至關重要的測試階段……

以後再說吧，餃子面具後的狐狸眼轉了轉，笑瞇瞇地對布布路建議道：「不如我們換個話題，討論一下你這隻連考官都弄不清楚的怪物到底是甚麼來頭吧！」

「好啊！」賽琳娜也圍過來，三人興致勃勃地交流起來。

他們知道，地獄的試煉即將開始。

穿越時空的怪物果實

**MONSTER MASTER 1**

新世界冒險奇談

第十站 STEP.10

# 雙子兄弟的「刁難」

**MONSTER MASTER 1**

## 對戰的法則

　　兩位元考官將考生們帶到了十字基地中心的訓練場，露天的橢圓形廣場上已經打好了許多高低起伏的木樁，四周是三層環形拱廊，巨大的看台逐層向後退，形成階梯式坡度。不論哪個角度的視野都很好。

　　白鷺平靜地說：「這場考試的內容是 —— 你們每個人和自己的怪物與我或者黑鷺考官對戰五分鐘，堅持到最後的人將獲得晉級的資格。失敗的人同時也輸掉了怪物，怪物會被基地回

收。最後，我要提醒你們一點，不要以為是你們選擇了怪物，事實上，也是它們選擇了你們，你們之間是相互影響的。」

甚麼？讓他們用剛剛孵化出的怪物去跟經驗豐富的考官對戰？按照常識，要對戰也應該是考生之間對戰吧！

考生們一片譁然，誰都不希望第一個上場。因為考官也會有體力消耗，後上場一定佔便宜！只有布布路鬥志昂揚地注視着兩位考官，躍躍欲試。

白鷺從容地走上木樁，唸出第一位與他交手的考生姓名：「帝奇‧雷頓！」

沒想到第一個上場的倒楣考生居然是那個目中無人的小子！不少考生都幸災樂禍地將目光聚焦到帝奇身上。

只有布布路的加油聲引人側目：「帝奇，加油加油！」

帝奇冷淡地瞥了他一眼，逕自帶着巴巴里金獅，高傲地跳到了場上。

白鷺掏出一張卡。卡上發出了金色的光芒，一隻紫色的蝙蝠咻地從光芒中飛出！

黑鷺則盡職盡責地向周圍的考生解釋道：「白鷺手裏拿的是怪物卡，用來存放怪物，並且會顯示怪物和主人的基本資料。另外補充說明一點，成年的怪物可以不用待在怪物卡裏，比如帝奇的巴巴里金獅。通過考試的考生都可以領到一張怪物卡，因為你們身邊這些剛剛孵化出來的怪物，是非常需要待在卡裏的！」

原來如此，當時在影王村碰到的亞克手中拿的就是怪物卡啊！布布路之前心中的一個疑問得到了解答。

「你可以開始了。」白鷺簡短地對帝奇說。

同時，黑鷺倒轉了手邊的沙漏，五分鐘倒計時開始！

隨着沙子簌簌地往下掉，場邊觀摩的人全都屏住了呼吸。

帝奇卻沒有動作，只是緊盯着白鷺，似乎打定主意要等他先出手。

趁此時機，賽琳娜小聲地將自己在怪物圖鑒上查到的信息分享給餃子和布布路：「白鷺考官的怪物是一尾狐蝠，屬於超能系，Ｂ級，適合偵察。而豆丁小子的巴巴里金獅是物質系，Ａ級，攻擊系數超強。從基礎資料來看，巴巴里金獅各方面都遠遠超過了一尾狐蝠。」

「你的意思是豆丁小子比較佔便宜？」餃子說。

「哇！帝奇會贏嗎？」布布路高興地拍手。

「那可不見得，」黑鷺意味深長地笑道：「對戰制勝的關鍵是怪物與主人的配合。只要主人能找到對方的弱點，怪物就有了取勝的突破口。」

## 🔲巴里金獅 VS 一尾狐蝠

白鷺終於發動了進攻。他一揚手，一尾狐蝠如同離弦之箭徑直衝向巴巴里金獅。

體形龐大的巴巴里金獅不愧是 Ａ 級怪物，不僅反應迅速地躲過了狐蝠的第一次攻擊，還抬起爪子毫不留情地反擊。

糟了，一尾狐蝠要被巨大的獅爪拍扁了！眾人忍不住驚呼，

誰料小巧的狐蝠猛地降低飛行高度，貼着地逃出生天后，攻向帝奇。

「翼之刃。」白鷺向狐蝠下達了新命令。一尾狐蝠瞬間將雙翼張到最大的程度，三角形的翼翅好似一把尖刀，邊緣的骨刺在陽光下閃爍着寒光。

「你們看好，白鷺的怪物在成長過程中已經完成了體形的強化，必殺技就是將身體的某部分進化成武器！」黑鷺見縫插針地講解着。

巴巴里金獅毫不示弱，迅速抽動着尾巴擋到帝奇面前。而狐蝠靈巧地一百八十度轉變方向，從上方發動攻勢。

「獅王咆哮彈！」面對攻擊，帝奇果斷地下達命令。

金獅深吸一口氣，發出了一聲驚天動地的巨吼：「嗷——」

一尾狐蝠頓時被震得節節後退。

　　巨大的聲響也衝擊着台上觀眾的耳膜。大家連忙捂緊了耳朵。抵抗力差一些的人當場昏了過去。只有黑鷺和布布路不受影響，仍然聚精會神地觀看着比賽。

　　巨吼終於停了，眾人鬆了一口氣。賽琳娜詫異地瞪着布布路：「你難道不覺得頭疼嗎？」

　　布布路同樣詫異地看着賽琳娜：「頭疼？」

　　「是啊，巴巴里金獅剛才的必殺技是非常強的聲波攻勢，低級怪物的五臟六腑都會被震破！而我們人類也會因為聲波的壓迫而感到眩暈和頭疼。」餃子一邊掏耳朵，一邊解釋道。

　　布布路摸了摸腦袋，又摸了摸耳朵，誠實地搖頭：「我覺得

還是大姐頭的獅吼功和擰耳朵神功比較厲害。」

「該死的，你是甚麼意思？」賽琳娜立刻用「獅吼功」衝布布路咆哮，可怕的分貝果然令周圍人贊同了布布路的觀點。

「真是個怪孩子！」黑鷺打量了布布路一眼，心裏對他的興趣更濃了。

這時，場上的帝奇則乘勝追擊，再次向金獅發動攻擊命令：「特殊進化！」

原本就體形龐大的巴巴里金獅身形驟然猛增，幾乎變成原本的三倍。對比之下，狐蝠細小如蟲。金獅一爪揮下，地動山搖。

「哼！雕蟲小技。」白鷺一聲冷哼，狐蝠將翅膀緊緊貼在身體兩側，化身成黑色魅影，像利劍般刺向巴巴里金獅的雙目。

巴巴里金獅仗着自己強壯的體魄，並不躲閃，反而向狐蝠揮動爪子。誰料狐蝠這卻是假動作。在飛到金獅面前時，它忽然拔高身體擦過金獅頭頂。金獅力道太猛，來不及收勢，一爪拍在自己的額頭上，發出一聲慘叫。

「看來白鷺已經發現突破點了。」黑鷺摸着下巴，在一旁提點大家：「告訴你們一個簡單的作戰方式，對戰時，你們可以選擇打敗怪物或者打敗人，當然如果能一起打倒就更好了！」

「可是相比帝奇，不是巴巴里金獅更難打敗嗎？」餃子提出疑問。

「嗷 ——」金獅再次發出了獅王咆哮彈。大家連忙捂住耳朵。然而這次狐蝠卻絲毫不受影響，飛速地衝向金獅。

「奇怪，這招為甚麼沒效了？」布布路緊張地探出身體。

只見金獅狼狽地連連後退，好不容易才躲閃開，身形也瞬間縮回了原來的尺寸。

獅吼消失後，黑鷺向大家做出解釋：「這就需要主人的戰鬥經驗！一尾狐蝠對於聲音的感知跨度與其他生物不同。它能夠接受超聲波，根本不會被這種聲波攻擊到。剛才看似被巴巴里金獅擊退，其實不過是在迷惑敵人。」

「帝奇會輸嗎？」布布路擔心地問。

「一定會輸，」黑鷺肯定地回答：「很明顯這隻金獅根本不算是那小子的怪物。如果我沒猜錯，多半是它原來的主人離世

時，不想讓它的精神也隨之崩潰，於是下了一個命令，要它保護這小子。所以凡是針對這小子的攻擊，它能根據戰鬥經驗去化解，而當它自身受到攻擊時，卻無法從帝奇那裏獲得足夠的戰術指導，導致它根本沒辦法發揮出全部的優勢。請你們記住，只有當怪物與主人心靈相通時，才能發揮它們最大的戰鬥力！而想要做到心靈相通，則需要通過長時間的相處瞭解。」

「黑鷥考官，你們第一個把帝奇叫出來是為了給大家做現場指導吧？」餃子恍然大悟道。

在餃子的提醒下，周圍的考生們也都明白過來，更加聚精會神地觀摩起這場戰鬥來。

黑鷥沒有否認也沒有承認，他的目光轉向沙漏，時間所剩不多……

## 賞金王‧雷頓家族

誰也沒想到，就在這時，帝奇發飆了。

「小心！」布布路猛地將賽琳娜和餃子按在了地上，自己擋在他們上方。

「全體趴下！」與此同時，黑鷥也厲聲向所有看台上的考生發出警示。

砰砰砰──無數大大小小的東西宛如下雨一般飛向看台。幸虧大家及時趴在了地上，才躲過一劫。

天哪！飛刀、飛鏢、飛劍……帝奇居然甩出了大把的暗器，

而且種類繁多。

「天哪，你們看，賞金王‧雷頓家族的族徽！」有人拔出一把飛劍，指着上面的黑龍圖騰，驚叫起來。

「甚麼是賞金王‧雷頓家族？」布布路好奇地問。

「連大名鼎鼎的雷頓家族都不知道？你是哪裏來的孩子？這麼沒見識！」周圍人難以置信地奚落布布路。

「別瞧不起人，我們來自影王村！而且，誰說我們不知道這個家族了！」賽琳娜不服氣地回嘴：「雷頓家族是賞金獵人世家，每個人都是一等一的高手，任務成功率是百分之百。不論是暗殺、尋人、護衛、搶奪，反正只要價錢合適，他們都接。」

「暗殺？如果讓他們殺人，他們也肯嗎？」布布路異常驚訝，殺人的不都是壞人嗎？

「沒錯！這個家族是金錢至上的。因為他們家族對於所接任務本身並不感興趣，他們感興趣的是完成這個任務能獲得多少回報。」

「看來是我小看了他！」黑鷺若有所思地看着帝奇：「這小子要是能夠加入基地，一定會成為這一屆預備生中相當惹眼的新人！要知道我所教過的那些比較欠扁的新人裏，要麼是怪物比較厲害，要麼是本人比較厲害，但真正能成為怪物大師的可是必須在這兩方面具備均衡的高素質，沒想到這小子兩者兼有，但奇怪的是……怎麼又都沒有發揮出來呢？」

此時，帝奇身上發出一股凌厲的殺氣。他斗篷一甩，四把飛刀分別從東、西、南、北四個方向攻向白鷺！

千鈞一髮之際，白鷺彎腰就地一滾，脫離了飛刀的攻擊區域。

四把飛刀直插在木椿上，發出駭人的寒光。

但是戰鬥是需要配合的，沒有默契的帝奇和巴巴里金獅再次露出了破綻。

「閃開！」帝奇躲開一尾狐蝠的攻擊，再一次抓住機會朝白鷺發暗器。

然而擋在他前方的巴巴里金獅稍一停頓，躲到了左邊。

「笨蛋，是右邊！」帝奇怒吼，可惜巴巴里金獅來不及改變方向，右腿還是中了一鏢。

「時間到！」沙漏的上部空了，黑鷺宣佈第一場戰鬥結束。隨後，他又背過身，對布布路他們擠擠眼睛：「瞧！這就是沒有默

契的下場。」

帝奇懊惱地瞪了一眼金獅，陰沉着一張臉，帶着滿身傷痕的巴巴里金獅走出場。

## ✚連敗的大叔

接下來上場的考生實力明顯比帝奇遜色多了。接二連三地被兩位元考官秒殺，同時他們的缺點也被考官們指了出來。

「怪物會受主人情緒的影響，你們的惶恐會讓它退縮！」

「剛剛召喚出來的怪物就像嬰兒，主人如果受傷嚴重的話，怪物也會因為受到反噬而掛掉！」

當參考人數達到兩位數時，一個光頭大叔上場了。觀眾席忽然發出一陣噓聲，原來這個大叔的綽號叫「十連敗」，因為他考了十年都沒通過招生會。

「十年很長嗎？如果是我，也會一直堅持下去！畢竟這是我的夢想啊！」布布路卻對這個大叔的毅力深表佩服。

光頭大叔感激地衝他點了點頭：「摩爾本十字基地是琉方大陸上最好的培訓怪物大師的基地！我有生之年的目標就是加入其中，絕無第二選擇！」

說着，光頭大叔一聲大喝：「爆石岩，上！」

一隻渾身燃燒着烈焰的怪物應聲從他背後跳了出來。這隻怪物好像一塊巨型岩石，外表長滿了綠苔，掩蓋住了面部。張嘴咆哮時，白煙四冒，光看聲勢就足夠使人聞風喪膽。

黑鷲也一揮手，身經百戰的金剛狼立馬衝上去，與爆石岩纏鬥在一起。

戰況非常激烈，雖然爆石岩的能力完全不能和金剛狼相比，但大概是感受到了主人的毅力，它完全沒有退縮，死死地糾纏金剛狼。考生們也被感染了，為光頭大叔搖旗吶喊。

就在快到五分鐘的時候，光頭大叔一個躲閃竟然離開了爆石岩的保護範圍。逮着破綻的金剛狼風馳電掣地撲了過去！

「碎石火雨！」光頭大叔看準時機，大聲命令道。

爆石岩竟然自爆了！燃燒着的碎塊如雨一般射向金剛狼，令它左躲右閃。但是攻擊並沒有被阻止。雖然速度變慢了，但金剛狼還是穿過了碎石，將光頭大叔死死地壓在地上！

第十一次挑戰，又失敗了。一時間，就連觀眾席上也是靜悄悄的。

黑鷲慢慢走過來，居高臨下地看着躺在地上的光頭大叔。就在大家以為他又要侮辱敗者的時候，黑鷲伸出手，一把將他從地上拉了起來，由衷地說：「你表現得很好！」

「謝謝，但我還是輸了。」光頭大叔哭喪着臉離場了，但奇怪的是，白鷲並沒有收走他的怪物爆石岩。

「輸贏真的那麼重要嗎？你們最好都想想，這一關測試的意義在哪裏！」黑鷲別有深意地向所有人說道。

第十站●雙子兄弟的『刁難』

這是每一個怪物大師的必經之路！向所有的困難發起挑戰吧！

找到最適合自己的解決辦法！

# 怪物大師成長測試

**Q05** 你若是身為賞金王‧雷頓家族中的一員，你會想要接哪種類型的懸賞任務呢？

A. 暗殺。

B. 保鏢。

C. 尋寶。

D. 追捕通緝犯。

E. 甚麼都可以。

**A** 【解析】

A. 你是不是覺得自己實力很強啊？但暗殺可是很危險的任務哦！（7分）

B. 嗯，雖然保鏢也有風險，但收入應該比較穩定。（5分）

C. 上天入海，暢遊各地，最重要的是公費旅遊，爽！（9分）

D. 小心，能被通緝又沒被抓住的通常都是危險分子。（1分）

E. 就是，只出一個類型的任務太無聊！（3分）

完成這個測試後，你可以得到一隻屬於自己的怪物！

測試答案就在第四部的 202，203 頁，不要錯過哦！

**MONSTER MASTER 1**

新世界冒險奇談
第十一站 STEP.11

# 獨樹一幟的戰鬥方式
## MONSTER MASTER 1

### 餃子的劇本

　　讓黑鷥失望的是，接下來上場的幾個考生再度被秒殺了。

　　「我剛才白教了他們這麼多，一點長進都沒有。」黑鷥氣得乾脆將手中的考生名單當垃圾一樣扔掉，瞥了一眼人羣，直接點名：「下一個，餃子！」

　　「大姐頭，幫個忙吧？」上場之前，餃子在賽琳娜耳邊嘀咕了幾句。

　　賽琳娜爽快地從背包裏拿出一樣東西，塞給餃子。

「我一定會過關的!」餃子自信滿滿地將辮子一甩,輕輕躍上木樁,雙手抱拳,朝黑鷺行了拱手禮。

黑鷺也裝模作樣地回了個禮。就在他挺起身的時候,白鷺倒轉了沙漏。計時開始了!

金剛狼如閃電一般向餃子撲去。

布布路看得一清二楚,黑鷺並沒有下命令,只是一個眼神示意,金剛狼就行動了。這招出其不意,全靠怪物和主人之間心照不宣的默契,實在讓人不得不佩服。

再看看自己的怪物,布布路不由得頭痛得皺起了眉。從來到這裏開始,四不像就躺在邊上呼呼大睡,根本連一個交流的機會都沒給自己。

等布布路回過頭,餃子已經不慌不忙地將藤條妖妖扔了出去。

讓藤條妖妖去攔金剛狼,他瘋了嗎?考生們都露出了難以置信的表情。

「唧。」被扔到高處的藤條妖妖並沒有將藤條伸向金剛狼,而是攔腰捲起餃子,把他提了起來。

金剛狼撲了個空,惱火地仰天長嘯。

餃子一個輕巧的燕子翻身,反手抱着藤條妖妖,穩穩地落在一截較高的木樁上。就在金剛狼轉身之際,餃子對藤條妖妖命令道:「長鞭出擊!」

唰!一條長長的藤條像鞭子一樣抽向金剛狼,上面豎着一根根的利刺。被這種藤鞭抽中的滋味可真是一點也不好受啊!

面對逼近的藤鞭，金剛狼迅速地移動身體，剛剛避過。沒想到藤鞭突然一分為四。金剛狼一躍而起，不見了。

「金剛狼憑空消失了？」賽琳娜吃驚地睜大了眼睛。

「不，它沒有消失，只是速度很快而已！」周圍的考生除了布布路，誰都看不清金剛狼如同電光石火般的行動軌跡。

「那裏，它出現了！」在布布路手指的方向，一道黑影出現在餃子身後，是金剛狼！它張開大嘴朝餃子的脖子咬去。

眼看金剛狼的利齒就要插進餃子的喉嚨，只聽餃子大喊：「藤網護身！」

藤條妖妖立即射出幾根長滿棘刺的藤條。藤條迅速交錯纏繞成一張網兜，就要往金剛狼張開的大嘴套去。金剛狼爪子一揮，拍開那張用藤條織成的網，往後退去。

「對付你這種考生，還真不能掉以輕心！」黑鷺黑着臉一蹬腿，下一秒，就閃到了餃子身後。

餃子被突然靠近的黑鷺嚇了一跳，重心不穩地倒向一邊。與此同時，他的長辮子飛快地纏繞住另一根木椿，助他翻身跳了過去，躲過一劫！

「餃子加油！時間不多了！」布布路大聲為餃子吶喊鼓勁。

「這倒提醒我了，看來這個遊戲該結束了！」黑鷺帶着金剛狼一步步地逼近：「認輸吧！雖然看起來你已經領會了我們安排這一關的意圖，但是取勝需要真正的實力，你還有些差距！」

「那可不見得！」餃子安撫地拍了拍藤條妖妖的腦袋，居然毫不畏懼地迎面走向黑鷺。

## 五 分鐘的獲勝之道

這，這不是自投羅網嗎？

眼看與黑鷺只有五步之遙了，餃子從袖子裏掏出一塊紅色的晶石。這就是他上場之前向賽琳娜借來的祕密武器 ——火石！

出乎眾人意料的是，餃子居然用火點燃了藤條妖妖！

「餃子瘋了嗎？」布布路記得怪物圖鑒上明明寫着藤條妖妖最怕火。

「不，我明白了！」賽琳娜神祕地笑了笑，示意布布路往下看。

原來火焰只是在藤條妖妖身上的尖刺部分燃燒着……

「千針火雨！」餃子大喝一聲，藤條妖妖深吸了一口氣，身體好像充氣氣球一樣膨脹開，身上密密麻麻的棘刺好似流星雨般，全部衝着金剛狼射去！

黑鷺的臉色瞬間大變，再沒有之前的氣定神閒，焦急地喊道：「快躲開！」

　　但是，來不及了——

　　「嗷！」金剛狼發出一聲哀號。雖然它反應靈敏，但毛茸茸的大尾巴上還是亮起了一點火苗。黑鷺衝過去，一下子撲滅了那團火。

　　就在這時，場外的白鷺出聲宣佈：「時間到……恭喜你，過關了！」

　　餃子一下場就毫無保留地將經驗傳給賽琳娜和布布路：「金剛狼的動作敏捷兇猛，一開始，我利用了藤條妖妖善於防守的特質，以防禦為主。但是金剛狼的實力太強了，不論藤條妖妖的防守再怎麼堅固，也無法支撐太久。所以，在最後時刻我決定化被動為主動，出其不意、攻其不備。不過，我能發現金剛狼畏火的弱點還是多虧了光頭大叔！我記得在爆石岩發動『碎石火雨』攻擊時，金剛狼的動作明顯變慢了……」

最後餃子強調道：「另外還有一點你們一定要明白 —— 考官並不是打算用這場測試故意刁難我們，而是希望讓我們迅速瞭解自己的怪物，獲得初步的作戰知識。」

沒錯，考官並沒有說，在對戰的五分鐘裏考生一定要贏。所以，只要堅持到最後就能晉級。不少考生都若有所思地回味着餃子的戰鬥方式。兩位考官也贊許地看着餃子，對他高智商的表現頗為滿意。

「原來如此，難怪白鷺考官沒有收走光頭大叔的怪物，也就是說他和豆丁小子都過關了！」賽琳娜點點頭，沒想到這個油頭滑腦的狐狸面具少年居然具備了如此了得的分析思考能力，看來不容小覷啊！

布布路低着頭沉思了一會兒，傷腦筋地撓撓頭說：「這些都是適合餃子你的作戰方式，但如果是我的話，我要和四不像怎麼配合呢？」

## 水精靈的對戰方式

觀戰的考生們從餃子的延時戰術中吸取了教訓，接下來過關的人數明顯提高了。

終於，白鷺考官的聲音傳來：「下一個，賽琳娜！」

賽琳娜朝餃子和布布路比了個勝利的手勢，自信地帶着水精靈走上木樁。因為今年參加招生會的男女考生比例懸殊，所以賽琳娜格外引人注意。

　　然而白鷺並沒有因為她是女孩就手下留情，一上場就讓一尾狐蝠使出「翼之刃」，一道疾風頓時衝向水精靈。

　　賽琳娜迅速指揮水精靈集中朝狐蝠攻來的方向噴射高壓水柱，強勁的水柱使狐蝠一時間無法靠近。賽琳娜的表現贏來了一片喝彩聲。

　　只見她靈活地在木樁間遊走，同時命令水精靈將大大小小的水珠擴散到空氣中。

　　「好辦法！」餃子立刻明白了賽琳娜的策略，布布路卻看得一頭霧水。

　　餃子耐心地為他講解：「怪物圖鑒上有介紹，一尾狐蝠並不是用眼睛觀察事物的，而是靠耳朵！它之所以能全方位地了解周圍的環境變化，是因為它能使用聲波定位。而水精靈擴散的水珠成了聲波的阻礙物，能夠干擾一尾狐蝠的回聲定位系統。這樣一來，一尾狐蝠就不能及時捕捉到大姐頭所在的位置，自然也就無法做出精準的攻擊了。」

　　「我明白了。」布布路懂了。看來即便自己不上場，每一場的測試都值得仔細琢磨呀！

　　水精靈擴散出的水珠愈來愈多，愈來愈密，最終形成了一道水牆，將賽琳娜保護在內。

　　受到水牆的干擾，一尾狐蝠忽上忽下，忽左忽右，完全失去了準頭。

　　「水精靈，高壓水柱，噴射！」賽琳娜利用目前的優勢，指揮水精靈發動偷襲，一道又一道高壓水柱射向狐蝠，令它始終無

法順利靠近。

「一尾狐蝠，傾斜二十五度角，向左移動七十九厘米，直線向下，飛影攻擊！」不愧是戰鬥經驗豐富的白鷺，在狐蝠失利的時候，迅速替它作出了判斷。

聽到主人的命令，一尾狐蝠立刻調整了方向，將速度提高了一倍，筆直地衝向賽琳娜所在的位置！

眾人只看到一個三角形的黑影一掠而過，狐蝠已經穿過屏障，不遺餘力地向賽琳娜撞去。

不好！如果賽琳娜被擊中，身體一定會被狐蝠捅出一個窟窿！

布布路急得一腳踏上觀眾席前的木樁，想要衝進場內，卻

被餃子死死拉住：「這是大姐頭的測試，你不能去！」

　　與此同時，所有人眼睜睜地看着狐蝠像利箭一樣刺穿了賽琳娜的胸口。只聽啪的一聲，賽琳娜整個人破裂開，化成冰涼的水，潑了狐蝠一身！

　　「原來大姐頭在那裏！」布布路目光一閃，驚喜地叫起來。

　　另一個木椿上，賽琳娜毫髮無傷地站着。原來剛剛遭到狐蝠攻擊的是她讓水精靈做出來的分身水人。因為這個水人藏在水牆裏，大家只能看到一個輪廓，而真正的她其實藏在這個水人的後面，令白鷺和狐蝠都上當了！

　　大家紛紛為表現精彩的賽琳娜喝彩。

　　而此時，惱羞成怒的狐蝠不待主人發令，再次向賽琳娜和

水精靈俯衝而來。

失去了水牆的保護，此刻的賽琳娜完全暴露在場地裏，處境十分危險。而水精靈也因為消耗了大量水元素，身形急劇縮小變淡。

賽琳娜正要躲閃，卻發現水精靈還一動不動地待在原地，似乎已經達到了極限。眼看狐蝠呼嘯而來，賽琳娜毫不猶豫地撲過去，擋在了水精靈和狐蝠之間。

這下完了，狐蝠真的要撕開賽琳娜的身體了！

突然，黑鷺高聲喊道：「時間到！」狐蝠頃刻間化成一道白光，被白鷺收回到怪物卡中。

賽琳娜驚魂未定地抱着水精靈從地上站起來。

「賽琳娜，你表現得很好，你願意保護自己怪物的精神值得所有考生學習，恭喜你獲得進入下一關的資格。」白鷺面無表情地宣佈結果，不過他的口氣帶着一絲讚賞。

「耶，我過關了！」賽琳娜高興地跳了起來，歡快地衝着布布路和餃子揮手。

布布路和餃子齊齊對她豎起了大拇指。

新世界冒險奇談
第十二站 STEP.12

# 布布路的全面攻擊
# MONSTER MASTER 1

## 不聽話的怪物

「下一個，布布路！」一直躍躍欲試的布布路終於有機會上場。他即將對戰黑鷥。

「布布路，你想好怎麼對付金剛狼了嗎？要不學餃子一樣，利用火讓它無法靠近？」賽琳娜邊說邊伸進背包裏掏火石。

「我覺得用火已經行不通了。剛剛你們也看到了，在我之後用火的考生全都失敗了，金剛狼的警覺性明顯提高了！另外……」餃子瞄向布布路的背後。四不像正懶洋洋地躺在棺材

上面，對着天空發呆。

「布布路，你和四不像好好商量作戰計劃了嗎？」賽琳娜關心地問。

布布路誠實地搖搖頭，在眾目睽睽之下，大步朝場內走去。隨着他的走動，四不像居然還穩穩地躺在棺材上面。

「看來布布路要孤軍奮戰了。」餃子發出一聲長歎。

「請問，」在經過白鷺身邊時，布布路忽然停下腳步，誠懇地仰起頭看着他：「您可以告訴我，除了懼火，金剛狼還有甚麼弱點嗎？」

眾人頓時傻眼了，問得這麼直接，考官會理他才怪呢！

白鷺冷着一張臉，沉默了十秒之後，認真地回答：「你可以試試叫它坐下。」

啥？眾人瞠目結舌地看着一本正經的白鷺，這不是馴狗的方法嗎？對金剛狼怎麼可能會有用？沒想到古板的白鷺也會開玩笑。

「謝謝！我知道了。」更讓人大跌眼鏡的是，布布路竟然真的相信了，他感激地對白鷺點了點頭，隨即就輕鬆地跳到了木椿上。

眼看戰鬥即將開始，四不像也終於飛身落地。

就在大家都期待着這個前所未見的醜八怪會用甚麼怪招迎敵時，四不像卻一屁股坐在木椿上，掏出半盒布丁，津津有味地吃了起來。

「它在幹嗎？」黑鷺問出了所有觀眾的心聲。

「吃布丁。」布布路奇怪地看着他，長眼睛的都能看到吧？

「廢話，」黑鷺簡直氣壞了：「我問的是，為甚麼在考試的時

候，它會丟下你跑到一旁去吃布丁？」

布布路尷尬地撓撓頭，推測道：「這⋯⋯大概是它突然想吃了吧。」

黑鷲臉更黑了，凶巴巴地喝令道：「你回家吧！這一關你被淘汰了。」

「為甚麼？」布布路不服氣地反駁：「我們打都沒有打⋯⋯」

黑鷲不屑地打斷他的話，冷哼道：「一個連自己的怪物都控制不好的人，根本沒資格成為怪物大師，更不可能打贏我！」

「金剛狼，把他給我丟出去。」黑鷲絲毫不把布布路放在眼裏。

金剛狼縱身一躍，朝布布路飛撲而去。

與此同時，場外的白鷺默默地倒轉沙漏，開始計時。

## 運氣還是實力？

布布路和金剛狼才交手了片刻，看台上的考生們就眼花繚亂了。

如果不是親眼所見，他們簡直不敢相信，竟然有人能和物質系的怪物速度不相上下！

布布路憑藉驚人的速度滿場飛奔，而身為物質系怪物並以速度著稱的金剛狼竟然追不上他！可這終究不是一場跑步比賽。他如果不和這隻怪物實實在在地交手，黑鷲一定不會承認他過關！

布布路試着出招了，劈手直攻金剛狼的鼻子。他記得小時候和爺爺一起在森林裏遭遇狼羣時，爺爺曾告訴過他，狼身上最脆弱的地方是鼻子！

果然，為了避開這一擊，金剛狼跳出了很遠。不過它也因此被激怒了，很快就發動了更加猛烈的攻擊，但是四不像卻依然紋絲不動地躺在棺材上，好像這場比賽跟它沒甚麼關係。

布布路的臉上、身上都已經掛彩了，他終於對這隻不務正業的怪物吼叫起來：「你能不能不要那麼差勁啊？難道你一點本領都沒有嗎？」

「布魯，布魯！」四不像似乎非常介意布布路對它的評價，殺氣騰騰地跳下來拍打布布路的腦袋。

這個該死的傢伙，不幫忙就算了，還和金剛狼一起攻擊他！

所有考生都傻眼了。哪有這樣不關心主人死活的怪物，不是說怪物和主人之間是存在着心靈契約的嗎？

因為得到了四不像的鼎力相助，金剛狼如虎添翼，與布布路之間的距離快速縮短，終於將他堵在一個角落裏。

無路可退的布布路不得不使出「絕招」——

「坐下！」布布路威風凜凜地大吼一聲。

全場頓時一片靜默，大家的嘴巴都變成了 O 形。

令所有人意外的是，金剛狼竟然搖着尾巴，乖乖地坐了下來。

布布路滿意地點頭，趁機擦了把汗。

黑鷺勃然大怒，立刻猜出是誰出賣了自己，朝場外的白鷺大

喊：「你居然洩露我的祕密！」

白鷺看向別處，假裝沒聽見、沒看見。

「噗！」不知道是誰不小心笑出聲來，緊接着，所有人都爆笑起來，原本肅穆的考場變成了歡樂的海洋，只有黑鷺一個人臭着臉。

趁這個機會，布布路一把抓住了四不像！

布布路和他的怪物終於開始交流了？所有人都好奇地伸長脖子，因為他們從來沒有見過這麼奇怪的交流方式 ——

布布路在四不像面前伸出四隻手指，四不像堅定地搖頭。布布路又伸出手掌在四不像面前晃了晃，四不像銅鈴般的眼中出現了遲疑。直到布布路壯士割腕般地將雙手都伸到四不像面前，四不像才勉為其難地點了點頭。

顯然他們達成了某個協定，而除了當事人外，誰也不知道協定的內容。

「喂！你們在搞甚麼鬼？」黑鷺的臉色比他身上的衣服都黑，他惱羞成怒地瞪了一眼金剛狼，訓斥道：「你還要坐到甚麼時候？我糾正過你多少次了，你是狼，不是狗！有點兒狼的尊嚴好不好！給你一個戴罪立功的機會，今天不把這個臭小子拿下，晚餐只能吃青菜！」

「嗷嗚 ——」在主人的威脅下，金剛狼發出一聲長嘯，朝着布布路撲了過來。

就在金剛狼躍離地面的一剎那，布布路和四不像十分默契地分頭跑開。

跟他的主人一樣，這隻怪物的速度出奇的快。

咦？這個長相和性格都不太靠譜的怪物，不久之前明明還跟自己的主人水火不容，現在怎麼又這麼聽話了？

他們哪裏知道，剛才布布路是在和四不像討價還價，最後用十塊草莓蛋糕收買了它。

「布魯！布魯！」四不像張牙舞爪地對金剛狼咆哮起來。

金剛狼本想直接解決布布路，卻受不了四不像衝它齜牙咧嘴的挑釁，終於轉身去追四不像。

這正中布布路下懷。他趁機卸下棺材，只聽咔嚓幾聲，幾個木樁竟然被沉重的棺材壓斷了。

隨即，布布路打開了棺材蓋，但誰也不知道他在打甚麼主意。而卸下重負的布布路速度成倍提升，快如閃電地出擊了！在

場眼力差一些的考生，根本就捕捉不到他的身影。

　　黑鷺也不是普通人，當他感覺到殺氣撲面而來時，只是輕輕抬起手，就抓住了凌空而來的拳頭，一把將布布路的身體提了起來。

　　「放開我！」布布路雙腿離地，不停地亂踹。

　　黑鷺得意地說：「小子，沒有用的！我勸你別白費心思，乖乖認輸吧，瞧瞧你那隻醜怪物，你和它之間完全沒有配合，怎麼可能通過這一關？」

　　被黑鷺說中了，四不像的處境也非常不妙。儘管它的移動速度很快，但經驗豐富的金剛狼已經把它逼到了死角。場外的

考生們都不由得替他們捏了把汗。

嗖的一下，四不像自尋死路般地鑽進了布布路的棺材裏。

布布路急了，大叫道：「有本事就把放我下來，我們正面單挑！」

「單挑？就憑你？還早一百年呢！」黑鷺掄起胳膊，將布布路像甩麻袋一樣甩了出去。

與此同時，金剛狼意識到這是消滅四不像的好機會。它張開嘴，露出尖利的獠牙，徑直撲向四不像。

電光石火間，大家都還來不及反應，就看到棺材的蓋子合上了，而四不像卻大搖大擺地出現在場地的另一邊。

「幹得漂亮！」被黑鷺丟出去的布布路翻個跟頭，順勢一屁股坐在棺材上面，對着四不像歡呼道。

「嗷——」

棺材裏面傳出劇烈的響動和嗥叫聲，居然是金剛狼被關在裏面！

「時間到。布布路，恭喜你合格了。」白鷺率先鼓起掌來。

場內的黑鷺也心服口服地大笑起來：「小子，真有你的！原來當誘餌的角色是你，而不是那隻只會一味逃跑的怪物啊！你們的合作不錯！我輸了。」

眾人這才恍然大悟，剛剛的對戰中，布布路故意吸引黑鷺的注意力，而他的怪物也不是真的被金剛狼逼到死角，而是故意把對方引到棺材裏，再利用自己的速度，一瞬間逃出來。

場上響起雷鳴般的掌聲，在場所有人都被這場精彩的對戰

所吸引，而布布路也成了到目前為止唯一一個讓考官認輸的合格生。

## 危險！可怕的傳染病

砰！

熱烈的掌聲中突然出現了一個不和諧的聲音，賽琳娜身邊的一個考生痛苦地倒在地上，抽搐起來，他可是今天最後一個要上場的人啊！

「你沒事吧？」賽琳娜趕緊蹲下身想要把他扶起來。

然而——

「不要碰他！」黑鷺和白鷺異口同聲地大喝，如閃電一般地衝了過來。兩人大驚小怪的反應讓眾人十分困惑。

白鷺迅速地蹲在地上查看這個考生的情況，黑鷺則擋住了圍上來的考生，不讓任何人靠近。

「白鷺考官，他怎麼了？」布布路擔心地問。

「沒甚麼，」白鷺深吸一口氣，恢復了平靜，站起來簡短地說：「他只是中暑暈倒了，你們快離開這裏，讓他呼吸新鮮空氣。」

「中暑？」餃子詫異地抬起頭。

白雲飄飄，微風徐徐，這種春暖花開的日子也會有人中暑嗎？

白鷺並不理會眾人的疑問，只是悄悄對黑鷺使了個眼色。

黑鷺立刻會意地朗聲對考生們說：「這一關的考試已經結束了，請過關的二十八位考生跟我走！沒跟上的，後果自負！」

考生們只得乖乖地跟着黑鷺轉移，布布路卻還在張望，剛才他注意到了一個奇怪的地方。

「考官，他……」布布路正準備提醒白鷺，卻被賽琳娜一把摀住嘴。

她瞟了眼白鷺，笑瞇瞇地催促布布路：「我們還是趕快走吧，要是掉隊就不好了。」說完便抓着布布路的手臂往人羣邊上走，餃子緊跟在後。

「大姐頭，你為甚麼不讓我說話？」布布路一邊走，一邊低聲抗議：「我看到那人的手臂上長出了綠色皰疹！」

「果然，你也看到了。」雖然只是匆匆一瞥，但賽琳娜也注意到了──影王村的綠疹怪病在這裏出現了！

雖然他們兩人說話聲音很低，不過跟在他們身後的餃子還是靈敏地捕捉到了這一幕。在他的細問之下，賽琳娜只好將實情告訴了他。

「基地裏有蹊蹺！」餃子深感震驚地分析道：「首先，他們禁止考生自由活動，顯然是害怕考生發現甚麼。而且在孵化怪物果實期間，有幾位考生莫名其妙地退出了比賽，考官卻不肯告訴我們原因。再加上你們剛才說的情況，我推測那些失蹤的考生很可能是長了綠色皰疹被隔離了。另外，照這裏的病發速度來看，這裏的病毒比影王村的更厲害，因為這裏的病毒……明顯帶有傳染性！」

「傳染性?」賽琳娜嚇了一跳,緊張地查看自己的一雙手臂,確定沒有再次長出那種令人作嘔的綠色皰疹後,才稍稍放下心。

「那我們不是更應該告訴其他考生,讓他們趕快離開嗎?」布布路十分擔心。

「絕對不能這麼做。」餃子斬釘截鐵地搖了搖頭:「因為在病發之前誰都無法知道自己有沒有被傳染。換句話說,我們每個人都可能變成感染源。如果放任這麼多感染源離開,恐怕會給整個琉方大陸帶來一場可怕的災難。估計目前基地也是這樣考慮的!」

「那我們要不要和考官談一談?」賽琳娜趕緊提議。畢竟她曾經得過這種病,說不定能提供一些有用的資訊。

餃子慎重地想了想,否決了這個提議:「先等一等,我相信基地一定正在尋找治療的辦法,而且很明顯他們並不希望我們知道太多。所以最好的辦法是暗中調查,找到解決的辦法,那時再告訴基地。」

順便記下一等功,到時就算沒通過招生考試,也有籌碼和他們談破格錄取。只不過這個如意算盤餃子藏在了心裏,並沒有說出口。

# 怪物大師成長測試

這是成為怪物大師的必經之路!!!

這是每一個怪物大師的必經之路!向所有的困難發起挑戰吧!

找到最適合自己的解決辦法!

●第十二站●布布路的全面攻擊●

MONSTER MASTER
MOVIE DREAMS

**Q06** 這一關,你要與考官對戰五分鐘。在這段時間裏,你卻因意外而不得不停戰,你覺得這個意外會是甚麼事呢?

A. 你的怪物受傷了。

B. 你自己受傷了。

C. 你和你的怪物把考官的怪物弄傷了。

D. 你和你的怪物把考官弄傷了。

E. 你發現自己堅持不了五分鐘,主動放棄。

##  【解析】

A. 你是個懂得珍惜自己怪物的主人,有時你會不惜犧牲自己的利益來保全自己的怪物。(1分)

B. 若是沒有身體健康的本錢,就不能繼續怪物大師的道路,如果受傷的話,還是先治療比較重要。(3分)

C. 你和你的怪物很不得了,居然第一次合作就打敗了考官的怪物!(7分)

D. 話說,你把考官滅掉了,難道是想自己當考官嗎?(9分)

E. 人怎麼可以這麼沒志氣呢?去,罰你蹲牆角靜思。(5分)

完成這個測試後,你可以得到一隻屬於自己的怪物!

測試答案就在第四部的 202,203 頁,不要錯過哦!!

## 穿越時空的怪物果實
### MONSTER MASTER 1

新世界冒險奇談
第十三站 STEP.13

# 帝奇的決斷
## MONSTER MASTER 1

### 怪物卡

　　黑鷺將過關的二十八位考生帶回那棟安排他們孵化怪物的大樓，鄭重地向他們發放怪物卡，並強調說：「這張怪物卡不僅是為了方便各位攜帶自己的怪物，更重要的是，你們的怪物還未成年，進入怪物卡就等於是進入了半休眠期，這樣可以恢復戰鬥過程中所受的傷害和損耗的能量。各位要收好，遺失不補！」

　　考生們將各自的怪物收回怪物卡裏，卡上立刻顯示出怪物的能力值、防禦值、攻擊值等指數，果然是和怪物息息相關的

重要物品!

「四不像,進來吧!」布布路興奮地把怪物卡伸向自己的怪物,順利的話,他終於能安靜一會兒了。

可是四不像又一次有了驚人之舉,它啊嗚一口咬住了怪物卡,咀嚼兩下,居然嚥下去了。

不會吧……剛剛拿到的……如此珍貴的怪物卡……布布路下巴掉到了地上,木然地維持着伸手的動作,似乎久久不能接受這個事實。

餃子和賽琳娜也傻眼了。這,這隻怪物太不靠譜了吧!它該不會是甚麼都吃吧?

「遺失不補!我剛剛才說過的!」黑鷺臉上的表情也很精彩,這情形簡直是聞所未聞,這小孩的怪物真是標新立異!

「嗚嗚……四不像,你這隻笨蛋怪物!」布布路鬱悶了。

黑鷺強忍幸災樂禍的笑意,選擇掉轉目光,見帝奇一個人陰沉地站在角落,低垂的眼睛裏隱藏着煩悶的情緒。

「喂,小子,你的怪物卡!」黑鷺特地走到他面前,將怪物卡遞給他:「白鷺已經在這張卡裏輸入了你和巴巴里金獅的資料,希望你能妥善保管。」

帝奇抿着嘴接過怪物卡,但並沒有將巴巴里金獅收進卡裏。作為已經成年的怪物,金獅可以不用待在怪物卡裏。

就在帝奇默不作聲準備離開的時候,黑鷺再一次叫住他,意味深長地說:「賞金王·雷頓家族在藍星上擁有特權,如果你想成為怪物大師的話,只要繼承亡者的名號,就可以將怪物大

師的身份延續下去，我很好奇，你這樣不遠千里來我們基地參加招生會又是為了甚麼？」

帝奇瞪了他一眼，沒有吭聲。

黑鷲朝天翻了個白眼，這小子多半是在賭氣！

「喂，小子，你最好仔細想清楚，以後的路是要和自己孵化出的怪物走下去，還是敞開心胸接受巴巴里金獅？明天測試結束後，希望你能給我一個明確的答覆！」說着，黑鷲把一隻怪物果實扔給他。

帝奇接過怪物果實，依然一言不發。

這時，布布路興奮不已地擠了過來：「帝奇，過關的考生們準備開一個慶祝會，你跟我們一起去吧……」

帝奇冷漠地扭過頭，完全把他當成了空氣。

可布布路明顯缺乏正常的察言觀色的能力，繼續自說自話地拖走帝奇。

「去吧去吧！聽說有很多很多見也沒見過的高級食物呢！」

## 再見了！巴巴里金獅

「乾杯！」

慶祝會熱鬧極了！考生們從基地的廚房裏弄來了不少好吃的。炭燒雞、海獸烤排、黃金香腸、長足帝王蟹……布布路眼花繚亂，好多好多他連名字都叫不出來的東西堆得跟小山一樣高。

布布路第一次吃到這麼多美味可口的菜餚，放開胃口，大吃

大喝。

「吃這個！吃這個！」布布路臉都笑歪了，把各種食物一個個拿給帝奇。

帝奇鄙視地推開，這叫甚麼高級食物，在他家裏都是常見食材嘛！

他們倆一個手舞足蹈，一個不為所動，怎麼看也像在表演白痴雙簧。

餃子趁機拿布布路和帝奇做起了生意，慫恿周圍學員快快下注，看他們倆誰堅持得更久。

四不像則歡樂地在他們中間跳來跳去，在蛋糕上亂咬亂啃，渾身都沾滿了奶油。

賽琳娜頭疼地歎了口氣。

慶祝會舉行得十分順利，成年的考生還一杯接一杯地喝起了香醇的啤酒。地上到處是七歪八斜的空酒瓶，考生們很快就酩酊大醉了。

在眾考生放鬆心情，開心打鬧的時候，帝奇不見了……

「不行，我要把帝奇叫來！」布布路放下咬了一半的雞腿，抓起四不像衝了出去。四不像氣得直咬他的胳膊，它還沒有吃夠呢！

布布路左顧右盼了半天，終於在基地戰鬥場附近看到了帝奇，原來他和巴巴里金獅在一起。

此時暮色將至，天空被染成淡紫色。帝奇和巴巴里金獅背

靠背坐着，巴巴里像一個慈祥的長者一樣，讓帝奇倚靠着。

帝奇平時都是怎樣和巴巴里交流的呢？布布路好奇地停住了腳步。

「巴巴里，你還記得我剛出生時的事情嗎？」帝奇出聲了，他並沒有回頭看金獅，而是看向遠處漸漸消失在地平線的夕陽，仿佛陷入了悠久的回憶：「在我出生的第二天，爺爺就死了。他是雷頓家族最偉大的人物，但是他卻做了一個讓所有人都無法接受的決定——跳過了前面的三個哥哥和兩個姐姐，任命我這個剛出生的嬰兒為繼承人，甚至讓你這個 A 級怪物來保護我。」

聽到帝奇爺爺的名字，巴巴里金獅的臉色暗淡了下去。

「哼！」帝奇從鼻子裏發出一聲悶哼：「我知道！哥哥姐姐們全都不服氣。雷頓家族是憑實力說話的，雖然他們都不敢反對爺爺，但我知道，他們打從心裏瞧不起我。所以，從那之後，他們不再提我的名字，不得不提到的時候，就用『幸運男孩』代替！」

說到這裏，帝奇逞強的聲音明顯有些顫抖了。巴巴里金獅仿佛能理解他此刻的心情一樣，舔了舔他的手背。

「為了改變他們的想法，我放棄了所有玩樂的時間，拚命地努力練習雷頓家的各種技能……我一定要證明自己不比哥哥姐姐們差勁。可是我在家裏，仍然像個可有可無的擺設一樣……唯一陪在我身邊的，只有你——巴巴里！」

「可是，巴巴里，我討厭你！」帝奇忽然站了起來，發狠地說：「哼——我知道你留在我身邊是因為你絕對不會違背對爺爺的承諾！」

金獅聽到這裏，不安地直起了脖子。

「沒錯，你很強，只要有你在，我連受傷的機會都沒有！」說到這裏，帝奇聲音低了下去：「他們每次一提到你，總是會用敬仰的口氣說着你和爺爺當年配合如何默契，如何打遍天下，只有爺爺才能讓你展露 Ａ 級怪物的風采，只有爺爺才是你真正的主人，而我只會連累你受傷。我親耳聽到他們背地裏說『可憐的金獅居然淪落到給小孩子當保姆』……巴巴里，你也是這麼想的吧？你心裏，應該很不甘心吧？」

巴巴里金獅站了起來，似乎明白

了甚麼，目光凝重地看着帝奇，仿佛在等着他的決斷。

　　帝奇盯着它的眼睛凝視了許久，終於堅決地轉過身去，聲音沙啞地說：「巴巴里，你走吧。不要被爺爺的命令束縛住，現在的我不需要你的保護……因為，我已經決定了！我要和真正屬於自己的怪物一起走下去。總有一天，我會憑實力讓他們佩服我、認同我的存在！而你，也應該按自己的意志尋找同伴，自由生活……不必再當一個小孩的保姆了……」

　　巴巴里金獅發出了一聲沉悶的低吼，爪子急躁地拍着地，似乎在請求帝奇收回命令。

　　帝奇卻始終不肯轉身，只是用冷漠的聲音驅趕這個陪伴了他多年的怪物：「我……只有

脫離你的守護，依靠自己的力量駕馭強大的怪物，才能成為真正合格的繼承者。所以……為了我，你走吧……」

「為了我」，這幾個字似乎說到了重點，為了這個叫帝奇的倔強孩子……

金獅盯着帝奇倔強的背影看了一會兒，終於戀戀不捨地向遠處走去。

## 偷聽者

當金獅的腳踩在鬆脆的樹枝上發出的響聲漸漸消失時，豆大的淚珠不受控制地從帝奇逞強的臉上滾落下來。似乎連他自己也很意外，趕緊用手背擦掉，不想讓任何人看到。

就在這時 ——

「嗚嗚嗚嗚……」樹叢裏突然傳來了很響的哭泣聲。

帝奇頓時警覺地喝道：「誰？」

一個背着棺材，哭得比帝奇還要傷心的男孩終於從樹林裏跳了出來，一把抱住他：「帝奇，你和金獅……太感人了，嗚嗚嗚嗚……」

「布魯！布魯！布魯！」四不像大如銅鈴的眼睛裏也淚水直流，顯得更醜了。它也一把抱住了帝奇的腿，哭個不停。

主人和怪物的眼淚全都擦在了帝奇的衣服上。

「你，你們居然偷聽……」帝奇氣得臉都紅了，狠狠地推開了布布路，冷冰冰地說：「走開，離我遠一點！」

「帝奇，你的手⋯⋯」布布路並沒有因為帝奇的冷漠而離開，反而瞪直了雙眼，有些驚訝地指着帝奇的手腕，似乎看到了甚麼不得了的東西。

「噓，絕對不准告訴別人！」帝奇慌忙掏出手套戴上，臉更紅了，惡狠狠地警告。

布布路還沒來得及回答，黑暗中又冒出了兩個人影。

「布布路，你怎麼跑到這裏來了？」餃子很好奇地看着眼前這一幕，問道：「咦，豆丁小子也在啊？」

「不許叫我豆丁小子！」帝奇氣憤地反駁道，同時警告般地看了布布路一眼。

「布布路，你過來！」餃子悄悄將布布路拉到一旁。布布路這才注意到賽琳娜的臉色很不對勁。他還是第一次看到大姐頭的眉頭擰得那麼緊，眼裏也滿是擔憂之色。

「大姐頭，你怎麼了？」布布路奇怪地問。他記得剛才的慶祝會上，賽琳娜還挺開心的啊⋯⋯

賽琳娜歎了口氣，有些不情願地摘下了一隻手套。一個個泛着綠色幽光的疱疹，密密麻麻地佈滿了她的手背。

「剛才慶祝會上，我突然覺得手背一陣瘙癢，沒想到摘下手套一看——綠疹怪病⋯⋯竟然復發了。」賽琳娜的眼圈都急紅了。

### 穿越時空的怪物果實
#### MONSTER MASTER 1

**新世界冒險奇談**
第十四站 STEP.14

# 東塔樓探祕
## MONSTER MASTER 1

### 前進！四人同盟

賽琳娜手背上又出現了觸目驚心的綠色皰疹，並且皰疹還在往全身蔓延，比上一次看起來更加嚴重。

「趕緊通知考官他們，他們一定會想辦法治好你的！」布布路焦急地轉身就要去找考官。

賽琳娜卻擋住了他，低聲哀求道：「布布路，拜託，千萬不要去！如果被考官知道，我肯定也要變成『失蹤人口』，不得不退出考試了。我和你們不一樣，我只有這次機會，如果錯過了，

我會抱憾終身的。」

身為富商的女兒，賽琳娜這次好不容易才說服父母讓她參加招生會，她承諾，如果失敗就放棄當怪物大師的夢想，好好學習經商的知識。

「可是，萬一你又昏過去怎麼辦呢？」布布路記得上次賽琳娜被感染的時候，曾經一度昏迷不醒。

「所以，我剛才求了餃子半天，他已經同意我的計劃了。」賽琳娜靠近布布路，懇切地說：「我們可以去東塔樓。我聽說摩爾本十字基地的草藥室在那裏，裏面肯定會有一些治病的藥材，只要能幫我撐過下一關考試就行了……」

東塔樓不是禁區嗎？違背十字基地的規定去禁區？布布路瞪大眼睛，似乎在思考着甚麼。那一瞬間，賽琳娜還以為他要拒絕，沒想到布布路回頭一把拉過帝奇，熱切地建議道：「對了，我們帶帝奇一起去吧！」

「為甚麼？」餃子和賽琳娜異口同聲地問。

「我才不要跟你們一起！」帝奇的態度更是強硬。

「大姐頭，帝奇也需要治病的草藥！你們看，他也……」布布路一邊說，一邊不顧帝奇的反抗強行將他的手套拽了下來，拉過他的手臂給賽琳娜和餃子看，只見那上面也佈滿了密密麻麻的綠色皰疹。

「我不是警告過你不許告訴別人嗎？」帝奇憤怒地抽回了手臂。

「可是，大姐頭和餃子不是別人啊！」布布路抓了抓頭，一本正經地反駁。

　　「豆丁小子，你也感染上怪病了？」賽琳娜同情地看了帝奇
一眼。

　　「哇，原來你們已經是互相分享祕密的好朋友了！那麼不用
擔心豆丁小子會泄密了！」餃子笑眯眯地說。

　　「甚，甚麼好朋友……去哪裏？要去就快一點！」帝奇彆扭
地背過身去。他最不擅長應付這樣奇怪的傢伙了。

　　「好，我們現在是同盟了！動作快一點，不然時間來不及
了。」餃子提醒賽琳娜。雖然情況和他們當初設想的有點變化，
但帝奇的加入說不定能省去他們不少事情。聽說雷頓家族對暗
查很有一套方法。

　　此時天已經徹底黑了，如果再拖延時間的話……

## 尋找草藥房

　　漆黑的夜幕下，四個人躡手躡腳地行動了起來。他們很快來到摩爾本十字基地的禁區——東塔樓。這是十字基地唯一一棟全黑的大樓，沒有一絲燈火，仿佛一個會吞噬一切光明的黑暗惡魔，從上到下都散發着恐怖的氣息。更詭異的是，在這個寧靜的夜裏，一聲聲痛苦的呻吟從「禁區」中傳出來。

　　這個禁止入內的東塔樓裏面，到底藏着甚麼東西呢？

　　四人的心裏湧起一絲不安。就在他們貓着腰準備潛入東塔樓的時候，布布路突然說：「我聞到前面好像有五六個人。」

　　「應該是看守的導師。」帝奇警覺地推斷道。

「怪不得他們不點燈，」餃子猜測道：「我愈來愈懷疑，他們是故意這麼做的，好像在等着引甚麼人上鈎一樣。」

「不管甚麼理由，前門不能走了，看來只能另想辦法了！」賽琳娜既焦急又不希望餃子和布布路因為幫助自己而受連累。

如果被十字基地的導師們發現他們偷偷來禁區，一定會被取消考試資格！

「那怎麼辦呀？」布布路心急如焚，畢竟這裏可有兩個病人啊！

「難道你不知道有一個地方叫『後門』嗎？」餃子故作神祕地調侃布布路。

四人沿着牆壁摸索，足足繞了一個大圈才繞到了東塔樓的後門。只見一扇鏽跡斑斑的鐵門上掛着一把巨大的鐵鎖，吊着鐵鎖的鏈子有布布路的手腕那麼粗。而和生鏽的鐵門截然不同的是，這把鐵鎖看上去非常新，似乎是剛換上的。

「看來十字基地比我們想像中要考慮得更周全嘛！」餃子訕笑着說。

布布路走上前看了看，擼起了袖子，一把抓起鎖鏈打算將它拉斷。

餃子趕緊上前攔住他：「等一等，你這樣會弄出很大的響聲的！」說着，餃子向賽琳娜借了一隻髮夾，插進鎖眼捅了兩下。咔的一聲，鐵鎖開了，餃子小心**翼翼**地取下了鐵鏈，那動作真是媲美專業開鎖匠。

餃子得意揚揚地眨眨眼，四人便摸黑溜進了東塔樓。

一進樓裏，黑暗的環境就讓他們失去了辨別方向的能力，除了——

「走這邊！」布布路不受影響地在前面帶路，他的夜視能力讓帝奇也暗自驚心，難道他都不需要時間讓眼睛去適應黑暗嗎？

沒走幾步，賽琳娜突然被地上亂堆的箱子絆倒了。她趕緊搗住嘴不讓自己叫出來。

布布路轉頭朝其他三人伸出手：「咱們一個拉一個，每個人都跟着前面那個人走。」

這，這也太幼稚了！三人明顯都不太情願，尤其是帝奇。

「你以為是在玩幼兒遊戲嗎？」帝奇尖刻地說。但是說歸說，到最後他還是不得不拉着賽琳娜，因為走廊上的障礙物實在太多了。餃子跟在最後。至於四不像，它乾脆躥到了布布路的棺材上，大搖大擺地坐在上面。

「這裏這麼大，沒有提示，我們該怎麼找草藥房呢？」賽琳娜憂心忡忡地說。

的確，進入東塔樓之後，他們才發現這裏非常大，走廊長得仿佛沒有盡頭。每條走廊兩側都並排設置了一個又一個的房間。他們根本沒有辦法分辨出草藥究竟放在哪個房間裏。

「草藥在那個房間裏！」布布路指着走廊盡頭的一扇門，肯定地說。

「你怎麼知道的？」賽琳娜半信半疑地問。

「嗅出來的。」布布路簡短地回答。

「布布路，你該不會其實是甚麼元素系怪物吧？」餃子打趣

地說，他實在很好奇布布路究竟有多少「特異功能」。

「難道你們不覺得這扇門裏有很重的草藥味嗎?」布布路理所當然地說，似乎這是一件再平常不過的事情:「而且我曾經在廚房裏聞到過這種味道，記得很清楚!」

那次四不像大鬧廚房，他發現廚房的大鍋上在煮着草藥。現在想來，難道那就是用來治療感染怪病的人的草藥嗎?

咚咚咚 —— 賽琳娜先謹慎地輕輕敲了敲門，等了半天裏面都沒任何聲響。

於是餃子又被大家推到了最前面，再次用髮夾輕輕鬆鬆地開了門。

## 棺材裏的導師

四人一怪物悄無聲息地摸索進去。

房間裏果然沒有人，只有壁爐裏，被置於火上的大鍋正發出咕嚕咕嚕的聲響，白氣四溢中混雜着一股濃重的草藥味。

布布路說對了，草藥的確被放在這裏!

就着壁爐裏微弱的火光，四人清楚地看到好幾口巨大的木箱橫七豎八地放在地上，餃子上前拎了拎其中一口，沉甸甸的，草藥應該就裝在這些木箱裏面。

咔嗒咔嗒 —— 餃子如法炮製地用髮夾打開了一口又一口木箱，每一口木箱裏的草藥都不一樣。

「雖然我對草藥沒有研究，」餃子一邊說一邊胡亂地從每口

箱子裏抓出一把來：「不過一般來說，治療這麼嚴重的怪病肯定需要很多草藥，反正這裏的草藥都很名貴，多出來的還可以換點盧克。」

聽到餃子這麼說，帝奇鄙視地瞄了他一眼。

「布魯，布魯！」左嗅嗅、右聞聞的四不像突然很不安分地衝着角落裏的一口箱子叫了起來。

「噓，噓，噓！你會暴露我們的！」賽琳娜急切而小聲地警告四不像。

但四不像根本不理睬，反而齜着牙衝她叫得更大聲了。

「布魯！布魯！布⋯⋯」眼看四不像好像壞掉的鬧鐘一樣叫個不停，布布路只好撲上來一把捂住它的嘴。

「啊嗚！」四不像狠狠地咬了布布路一口。

布布路的五官頓時因為疼痛而扭曲起來，不過他還是死死地捂住四不像的嘴：「噓噓噓，求求你，拜託你，四不像⋯⋯安分點⋯⋯」

「布布路，堅持住，我馬上就好了！」趁布布路和他那隻不聽話的怪物搏鬥的時候，餃子手裏的髮夾伸向了最後那口放置在角落裏的箱子。

「嘶 ──」布布路的嘴咧到了耳根子，四不像的咬功讓他痛得快堅持不住了。為甚麼自己這麼倒楣，遇到一個對主人不肯口下留情的怪物？

咔嗒！當餃子打開最後一口箱子的時候，所有人都瞬間面如死灰。這口箱子裏面裝的並不是藥草，而是 ──

人！

箱子裏躺着一個雙目緊閉的女人，看上去似乎睡着了，而她身上穿的可不就是摩爾本十字基地導師的服裝嗎？

四不像鬆開了咬着布布路手的嘴巴，將長耳朵往布布路的臉頰一抽，露出很拽的表情，像在炫耀是它最先注意到這個意外情況的。

四人面面相覷，用眼神溝通：

怎麼辦？（布布路）

最好不要驚醒這個睡眠方式古怪的導師！（餃子）

有道理。（賽琳娜）

笨蛋，快點把事情搞定離開這裏。（帝奇）

「布魯！布魯！布魯！」四不像又叫了起來，這次是對着門口的走廊！

糟糕！要把導師吵醒了！

「快跑！」布布路一把拽過闖下大禍的四不像，跟着其他三人衝出房間後，飛快地拉上了門。

餃子將耳朵貼在門上聽了聽，直到確認裏面甚麼動靜都沒有，才鬆了一口氣。

就在餃子帶着一副劫後餘生的表情抬起頭時，其餘三人卻如臨大敵一般地看着他的身後，眼神中充滿了惶恐不安。

意識到不對勁的餃子猛地回過頭，就見剛剛還躺在箱子裏睡覺的女導師赫然站在他們身後，她手裏捧着一盞跳動的燭火，清晰地照亮了他們每個人的臉。

# 怪物大師成長測試

## Q07

面對一個屬於你但是沒有戰鬥經驗的 D 級怪物和一個不屬於你但和你並肩作戰很久了的 A 級怪物,你會選哪一個呢?

A. 當然是強大的 A 級怪物!

B. 還是選擇屬於我的 D 級怪物,可以跟我一起成長。

C. 兩個都要吧,戰鬥的時候可以一起保護我。

D. 無法決斷,讓導師出主意。

E. 兩個都不要,去找屬於我的更高級怪物!

## Ⓐ 【解析】

A. 作為一個預備生,你確定自己可以真正駕馭它嗎?(5 分)

B. 不錯,腳踏實地最重要!(1 分)

C. 做人不能太貪心喲!難道你忘記了心靈契約可是一對一的?(7 分)

D. 唉,這畢竟是在選擇屬於你自己的怪物,別人的意見參考一下就好,更重要的是要相信自己的心。(3 分)

E. 這麼挑剔?要知道沒有怪物就不能當怪物大師,萬一找不到怎麼辦呢?(9 分)

完成這個測試後,你可以得到一隻屬於自己的怪物!

測試答案就在第四部的 202,203 頁,不要錯過哦!

這是成為怪物大師的必經之路!!!

這是每一個怪物大師的必經之路!向所有的困難發起挑戰吧!

找到最適合自己的解決辦法!

MONSTER MASTER
MOVIE & DREAMERS

第十四站 ● 東塔樓探祕

## 新世界冒險奇談
### 第十五站 STEP.15
# 霉到不行的背運籤
## MONSTER MASTER 1

### 被扔掉的最高榮譽

　　夜色正濃，摩爾本十字基地的禁區 —— 黑黢黢的東塔樓裏傳出一聲聲淒慘的呻吟聲。

　　二樓走廊的盡頭，一盞微弱的燈光清楚地映亮了四個人的臉……

　　布布路四人緊張地看着面前的女導師，額頭上滲出豆大的汗珠。快點想辦法啊！四人心裏同時咆哮着，卻沒一個人敢輕舉妄動。

「布魯！」四不像出其不意地躥到了女導師肩上，狠狠一口咬在她的臉上。

要命了，四不像竟然襲擊導師！

「啊——」女導師一聲尖叫，燭火掉在地上，熄滅了。

尖叫聲在空氣中傳播開來，四人愈發膽戰心驚，也許只是短短的幾秒鐘內，就會有很多導師聞訊趕來。

「發呆幹甚麼，快跑！」餃子話音剛落，帝奇早已行動，賽琳娜也緊跟在後，繞過被四不像糾纏着的女導師，拚命往前衝去。

「四不像……」最後墊底的布布路邊跑邊回頭，對於四不像這種「捨己為人」的行為擔心極了，女導師不會就這麼逮住四不像了吧！

「布魯！」隨着一聲囂張的低叫，四不像如同離弦之箭般飛快地跳到了布布路背上的棺材上，布布路這才安心地在漆黑的走廊上撒開腿一路飛奔。

但跑出一段距離後，布布路就發現麻煩了——慌亂中，他和其他三人跑散了！

窸窸窣窣——不遠處傳來了異動聲。

布布路嗅了嗅鼻子，他聞到了那個女導師身上的氣味。

她在追着他，而且愈來愈近！

布布路又轉過一個彎，跑到了最底層的走廊裏，眼看女導師就要追上來了。布布路心中就像揣着一面鼓，撲通撲通亂跳，情急之下，布布路一個接一個地擰着房間的門把手，希望能找到一個藏身之處。

　　而現實仿佛故意跟他作對一樣，這裏每一扇門都緊緊關閉着。

　　就在他已經絕望的時候，最後一個房間的門竟然在他的手中被打開了！這房間比剛才堆草藥的房間要大多了，裏面堆滿了東西，布布路趕緊躲到了那堆東西後面。

　　很快，走廊裏傳來了急促的腳步聲。黑暗中，一個模糊的身影在門前停住了。

　　難道她看到自己躲進來了嗎？布布路的心提到了嗓子眼，不敢發出一絲聲響。他身後的四不像似乎也意識到了事情的嚴重性，配合着一言不發。

　　女導師在門前只停留了一會兒，又朝另一個方向走遠了。

　　呼，幸好沒被發現……

　　布布路心裏的大石頭這才落了地，站起身來掃了眼周圍。月光從半開的窗子裏照進來，明晃晃地照着一屋子滿滿當當的 ——垃圾！沒錯，這屋子裏所有的東西都破破爛爛的，完全像一個廢品屋。難怪沒有上鎖，堆廢品的地方，估計根本就不會有甚麼人來吧？

　　突然布布路的目光停住了。不經意的一瞥讓他發現有個特別的東西躺在垃圾堆裏，那東西在月光的映照下閃爍出了幾個熟悉的字。

　　「那是……」布布路的身體不受控制地靠近。那幾個閃爍的字愈來愈清晰，布布路把手伸進廢品堆，一把將那個東西抓出來。

那是一塊獎牌！

布布路的目光定格在上面的燙金字體上：

**摩爾本十字基地最高榮譽獎 ——克勞德‧布諾‧里維奇。**

「哇！」布布路緊緊地攥着手裏的獎牌，心花怒放。

是父親的東西！他果然在摩爾本十字基地找到了父親的東西！看來這次考試真的來對了，東塔樓也真的來對了！

這一定是命運的指引。現在，他不僅知道父親是一個怪物大師，還知道他是個曾經獲得過摩爾本十字基地的最高榮譽獎的怪物大師！

不知道爸爸做了甚麼了不起的事情呢？為甚麼這個代表着至高榮譽的獎牌會被扔在這個廢品屋呢？

布布路百思不解。

就在這時，走廊裏再次傳來了匆忙的腳步聲。布布路頓時警覺起來。

一個輕而熟悉的聲音響了起來：「布布路，你在這裏嗎？」

是大姐頭！

布布路連忙將獎牌塞進口袋裏，飛快地跑了出去。黑暗中大姐頭、餃子和帝奇的輪廓清晰可見，他們來找他了。

原來身為賞金王‧雷頓家族的一員，帝奇對走過一次的路都能銘記於心。剛才就是他判斷出了正確的方向，帶着餃子和賽琳娜逃出了東塔樓。但他們很快又發現布布路和四不像掉隊

了，所以就義氣地回來找他們。

四人躡手躡腳地離開禁區，回到住宿區的時候，已經是午夜了。

每個人的臉上都掛着驚魂未定的表情。

不得了！他們不但違背規定闖進了摩爾本十字基地的禁區，而且四不像還咬傷了一個導師！如果被基地知道，他們不但會被取消考試資格、驅逐出摩爾本十字基地，還有可能永遠被列在基地的黑名單上。現在，他們只能祈禱那個女導師沒有記住他們這四張臉。

不過，布布路對這次東塔樓之行一點都不後悔，甚至有些小小的喜悅。回到宿舍之後，他掏出父親的獎牌仔仔細細地看了好幾遍，才鄭重地收起來。

## 不是冤家不聚頭

第二天的考場上，賽琳娜精神奕奕，和昨晚相比完全換了一個人。

她小心翼翼地把布布路和餃子拉到一邊，摘下手套，伸到兩人面前。那些綠色皰疹明顯變小了許多，而且感染的範圍也縮小了。

「那些草藥果然是用來治療綠疹怪病的，」賽琳娜喜滋滋地說：「太好了，這樣我就可以堅持到考完試了！我想，豆丁小子肯

定也好多了。」

三人相視一笑。

可是當考官到達考場的時候，大家的好心情頃刻間化為烏有。

「不會這麼倒楣吧？」餃子氣結。

原來，今日的考官既不是黑鷺，也不是白鷺，而是一位年輕漂亮的女導師。而這個漂亮的女導師，恰恰就是昨晚那個與他們狹路相逢的女導師！

三人一驚，小心翼翼地往人羣後面躲，但女導師的目光很明顯追着他們不放。

完了完了！女導師肯定認出他們來了。三人硬着頭皮等待女導師宣佈取消他們的考試資格。

女導師微微一笑：「我叫科娜洛，是這次考試的考官……」

咦！她竟然只做起了自我介紹。

「難道說，我們想太多了，這個科娜洛導師根本就不記得我們？」餃子難以置信地問。

賽琳娜和布布路還來不及回答，科娜洛又一次開口了：「這一關的規則很簡單，你們這些在場的考生可以自由組隊，每隊人數為四人。確定小隊人選後，到我這裏來抽籤，決定你們要前往的比賽場地。不過我要提醒你們一句，想要通過這最後一關，挑選夥伴一定要謹慎。如果在最後關頭被自己挑選的同伴拋棄的話，也只能說是自己的失敗。」

好像真的如餃子所說，科娜洛說完考試規則之後，根本沒

有多看他們一眼，就走到一旁休息去了。

　　場下的考生們立刻開始走動交流，挑選同伴。因為上一場與考官們的比試，眾人對其他考生的實力已經有了大概的瞭解。實力愈強的考生自然愈搶手。

　　「不管怎麼說，我們先想辦法對付考試！如果我們三個一組的話，還缺一個，找誰呢？」賽琳娜詢問道。

　　餃子還在東張西望的時候，布布路已經屁顛屁顛地跑向了獨自坐在台階上的帝奇。

　　「喂！帝奇！加入我們一組吧！」布布路發出熱情的邀約。

　　餃子傷腦筋地扶額，無話可說了。

　　賽琳娜安慰道：「其實昨天晚上你也看到了，帝奇的實力不

錯，有他的加入，我們隊伍的總體實力應該能得到提升。」

餃子卻不認同地搖了搖頭：「最開始我也考慮過他，但科娜洛考官最後說的那句話卻打消了我的念頭。那句話的意思很明顯，這次測試中四個人必須團結一心。帝奇可不是個會服從別人安排的人，萬一到最後我們被他拋棄了怎麼辦？另外……你有沒有發現帝奇身邊少了些甚麼。」

「巴巴里金獅。」賽琳娜猜到了餃子的想法，不以為然地說：「也許是他為了方便，把巴巴里金獅裝進怪物卡裏了。有哪個考生在拿到怪物卡之後還傻乎乎地帶着怪物四處走呢？」

賽琳娜和餃子的爭論還沒有結束，就聽到帝奇的聲音冷冷地傳來：「不要！為甚麼連考試我也要和你們這些白痴一起？」

　　布布路才不管這麼多，硬拉着帝奇往餃子和賽琳娜的方向挪動。

　　帝奇奮力掙扎，可是布布路的力氣之大，讓他不禁嚇了一跳，忍不住在心裏好奇：這個看起來傻兮兮的傢伙究竟甚麼來頭？

　　「不好，麻煩來了！」餃子的聲音裏充滿了無奈。

　　「餃子，你想多了，」賽琳娜微笑着拍拍他的肩膀：「我覺得豆丁小子不像你說的那麼不可信任，再說昨晚我們四人的合作……還算，呃，挺不錯的！」

　　對此，餃子只能苦笑：「好吧，不管怎麼說，我們也算是共患難的夥伴了，兩票對一票，你們贏了。」

　　兩人一起走向還在糾纏不休的布布路和帝奇。

　　賽琳娜雙手叉腰，擺出老大的樣子，喝令道：「上，不要跟他廢話，抬走。」

　　布布路和餃子對視一眼，默契地一左一右架起措手不及的帝奇，把他往台上架去。

穿越時空的怪物果實

MONSTER MASTER 1

## 新世界冒險奇談
### 第十六站 STEP.16

# 死亡墓地的陷阱
## MONSTER MASTER 1

### 抽籤吧，天堂與地獄

「你們四人一組？」看到四人走近的科娜洛考官臉上露出了果然如此的表情。

「我……」帝奇剛想說自己是被強迫的，就被布布路堵住了嘴。

餃子擔心地看着科娜洛，賠笑地點了點頭。

「來抽一張吧，猜一猜你們將要去測試的地點是天堂，還是地獄？」科娜洛考官將一個籤筒放到四人面前。

MONSTER MASTER　163

她話音剛落，布布路就以迅雷不及掩耳之勢抽出了一張紙條，遞給考官。

餃子徹底傻眼了，慢半拍地說：「你不覺得我們應該更慎重地考慮一下嗎？」

科娜洛看了看紙條，臉上露出了明顯是幸災樂禍的笑容：「呵呵，恭喜你們抽中了……」

「天堂？」餃子滿懷期待地問。

可惜，事與願違。

「這個籤筒裏一共有五十個測試考場，而你們抽中的籤是今年最可怕、最危險、最難通過的 ——」科娜洛愉快地將紙條展示給他們看：「死亡墓地！」

「哇啊啊 ——」餃子絕望了。

「墓地好啊！很安全的，放心啦！我們一定會通過的。」布布路倒是很樂觀。

「那是因為你從小住在墓地，普通人才不會覺得它安全！你這個沒常識的笨蛋！」賽娜琳忍無可忍地擰住布布路的耳朵。

「廢話少說，快點開始！」帝奇在一邊不耐煩了。

目前他只有一個想法 —— 儘快結束這場考試，遠離這羣白痴！

抽籤儀式完畢，七個四人小隊分別確定了自己的測試考場。科娜洛將他們帶到了各自的考場。

出現在布布路他們面前的是一個鬼氣森森的墓園。

綠得發黑，足有一人高的雜草叢中插滿了密密麻麻的青灰色墓碑，碑上爬滿了幽綠的青苔，好像死人臉上的瘡斑。

「我真討厭這裏！」一陣陰風吹來，賽琳娜起了一身的雞皮疙瘩。

「嗯，這裏陰氣太重了！」餃子點頭附和。

連面無表情的帝奇也忍不住打了個寒顫。

布布路深深地吸了口氣，一種回家的感覺油然而生，他精神奕奕地說：「還是墓地的空氣好！」

其餘三人滿頭冷汗地自動忽略了布布路的這句話，謹慎地討論起了作戰方針。

「布布路身手敏捷，適合打頭陣；大姐頭和帝奇比較細心，負責中間的警戒；我留在隊伍末尾進行掩護⋯⋯」餃子根據四人的特點逐一分配了任務。

根據這個作戰方案，四人沿路順利地打倒了幾個向他們發起攻擊的小型植物怪。

餃子才剛覺得這樣的戰術配合不錯，災難就發生了！

布布路走得太快了！

只見他輕輕鬆鬆地在前面跳來跳去，一會兒就沒影了。

緊接着，帝奇身形一晃，整個人悄無聲息地從他們眼前消失了。

餃子和賽琳娜還沒搞清楚是怎麼一回事，就感覺腳下一空，身體失去重心地直直往下掉。

## 怪物嘴巴裏的「串串燒」

「哇噢噢噢噢噢噢噢 ——」

「糟糕，我們掉進一個被偽裝得很好的陷阱了！」

不，不對！怎麼有一股臭烘烘的氣味從底下衝上來？天哪，原來他們被一隻怪物吞進了嘴巴裏！

幸好餃子反應靈敏，在掉下去的一瞬間，用雙手硬撐開怪物的嘴巴。但是他的身體在瞬間承受了巨大的重量，根本無法堅持太久。

餃子咬牙往下看，他的腳正被賽琳娜用手牢牢抓住，而賽琳娜的腳又被帝奇緊緊地抓在手裏！原來他也掉下來了！

此刻，他們一個被卡在怪物的喉嚨處，承受着三人重量的餃子只要一鬆手，另外兩個就會被吞到怪物肚子裏！

怪物胃部的黏稠液體好像沸騰的沼澤一樣，正在不停冒泡上湧！

那麼……布布路呢？該不會已經被吞掉了吧？

真是糟糕透了！三人難得有默契地想到了一塊兒。

「怎麼辦？再這樣下去，我們就真的會掉進怪物的腸道裏，變成它美味的早點了！」賽琳娜欲哭無淚，為甚麼基地會設這種要人命的陷阱？

就在三人苦苦支撐的時候，布布路居然若無其事地帶着醜八怪四不像出現了。

「哇！餃子你在幹甚麼？練體操嗎？這個造型的難度也太大

了吧！」

「白痴，誰會在這種時候練體操！還不快把我們拉上來，你想挨揍嗎？」賽琳娜殺氣騰騰的怒吼聲從怪物的口中傳來。

大姐頭也在怪物嘴巴裏？

布布路不敢怠慢，真誠地看着這隻渾身長滿黃褐色疙瘩的大怪物說：「冒犯了。」

話音剛落，他揮起拳頭猛地打在了怪物的肚子上！

「嘰！」怪物渾身巨震，被這一下爆擊給弄得嘔吐起來。

嘩啦啦——

餃子三人隨着無數口水和胃液被沖出了怪物的嘴巴……

「好臭。」布布路捏鼻子。

「布魯！」四不像表示贊同。

「如果可以的話，我真想揍你一百遍！」賽琳娜暴跳如雷，向布布路揮起鐵拳。救他們脫險的辦法明明有很多，布布路竟然採用了最讓她接受不了的這一種！

「大姐頭，別打了！你……你的手套，掉了！」布布路笑嘻嘻地拔腿就跑，一邊跑一邊提醒賽琳娜。

賽琳娜猛地剎住腳步，低頭一看，她右手的手套不見了，大概是剛剛被吐出來的時候掉的……然而，就是這低頭一看，賽琳娜的憤怒頃刻間消失了。同時，一種恐懼無比的表情赫然出現在她的臉上。

「出甚麼事了？」餃子勉強爬了起來。

「綠色皰疹……」賽琳娜的臉色瞬間變得煞白。

天哪，她的手背上再次爬滿了綠色皰疹，而這些皰疹湧動着，如同活物一般朝着她的脖子上爬去，很快，就在她的脖子上繞了半圈。

賽琳娜害怕地用手捂住自己的脖子，呼吸也不由得急促起來。

「看來病情加重了……」相較之下，帝奇就顯得冷靜多了，他摸着在自己脖子上鼓動的綠色皰疹補充道：「我也一樣。」

「怎麼會這樣？昨天大姐頭和帝奇不是都吃過治病的藥了嗎？今天早上不是明顯好多了嗎？」布布路擔心地望着兩人。

「難道我們弄錯了？」餃子輕輕地自言自語，似乎陷入了

沉思。

「也許草藥沒用，不然那些失蹤的考生早就回來考試了。」賽琳娜喪氣地低下頭，她很擔心自己可能沒辦法撐到考試結束。

「有時間擔心，不如早點取勝！」帝奇的眼中閃爍着堅毅的光芒。

賽琳娜被鼓舞了，恢復了往日的精神，拍着帝奇的後背笑道：「說得對，豆丁小子！我們就來賭一把！」

帝奇臉色鐵青地冷哼道：「不許叫我豆丁小子！」

看來他真的很介意自己的身高。

「有情況！」布布路的提醒讓大家瞬間進入了警戒狀態。

不知不覺間，四周出現了一片閃爍着奇怪鱗光的薄霧。

# 怪物大師成長測試

這是成為怪物大師的必經之路！！！

●第十六站●死亡墓地的陷阱●

這是每一個怪物大師的必經之路！向所有的困難發起挑戰吧！

找到最適合自己的解決辦法！

 **08** 來來來，從籤筒裏抽出一支決定命運的籤吧！你希望抽中以下哪個考場呢？

A. 無所謂，哪個考場都可以。

B. 炙熱或酷寒的密閉空間。

C. 死亡墓地。

D. 奇妙異時空。

E. 巨獸巢穴。

 【解析】

A. 強者當然有資本不可一世，大家都懂的！（9分）

B. 現在至少可以斷定：你沒有密閉空間恐懼症！（5分）

C. 勇氣可嘉！不過，你真的和布布路一樣不覺得那地方嚇人嗎？（1分）

D. 你看重的是「奇妙」還是「異時空」呢？嘿嘿，說不定會有意外的收穫哦！（3分）

E. 不如撿個巨獸寶寶回來啊……咦，怎麼感覺好像變成另外一個故事了……（7分）

完成這個測試後，你可以得到一隻屬於自己的怪物！

測試答案就在第四部的 202，203 頁，不要錯過哦！

## 穿越時空的怪物果實
### MONSTER MASTER 1

**新世界冒險奇談**
第十七站 STEP.17

# 可怕的七彩羽翼
## MONSTER MASTER 1

### **彩**虹蝶舞的突擊

　　「說不定更可怕的考驗就要來了，我們最好把怪物都召喚出來防備着！」說着，餃子就將藤條妖妖從怪物卡中釋放出來。

　　賽琳娜也召喚出水精靈。帝奇卻只是和三人背靠背，謹慎地留意着從東南西北四個方向可能發生的偷襲。

　　餃子做了一個手勢，要大家注意聽四周的異動。

　　「小心，攻擊是從上面來的！」帝奇一聲大喝，一股兇猛的衝擊氣流從上空向四人襲來。

「藤網護身！」餃子第一時間指揮藤條妖妖架起防禦網。

藤條妖妖抽出的綠色藤蔓交織成一張密實的網，英勇地擋在他們上方。

可是這股衝擊氣流實在太強大了。唧──藤條妖妖發出一聲痛苦的嘶鳴，身體被狠狠地往下壓。它拚命與這股氣流抗衡。

轟──氣流四散開，將無數墓碑撞碎。

藤條妖妖縮起藤蔓，從半空中掉下來，跌進了餃子的懷裏，它顯然已經盡力了。餃子摸了摸它頭頂上的花朵，撫慰道：「沒想到攻擊會來自上面，真是辛苦你了。」

「唧。」藤條妖妖害羞地揮了揮藤蔓。

「看！那是甚麼？」賽琳娜指着他們頭頂上的天空驚呼。

一雙半透明的巨大翅膀出現在晦暗渾濁的天空中，漸漸清晰。片刻後，他們終於看清了。籠罩在墓地上方的是一隻巨型的蝴蝶，全身閃爍着絢麗的七彩流光，看上去很不真實，棒槌狀

的觸角時不時地微微顫動着，細而多毛的前肢垂在被鱗狀毛覆蓋的瘦長腹部下。一雙金色的眼睛死死地盯着四人，令人不寒而慄。

「咦？它的翅膀顏色怎麼愈來愈淺了？」布布路第一個發現那隻怪物的異象。

那雙遮天般的巨大翅膀正迅速地透明化。才一會兒工夫，蝴蝶仿佛與天空融為了一體，消失了。

賽琳娜立刻翻開怪物圖鑒，將找到的怪物資料大聲唸了出來：「這是彩虹蝶舞，超能系 B 級怪物，可以隱身於空氣中，通過揮動翅膀產生攻擊氣流。在發動攻擊時，隱身能力會消失。它根據攻擊系數變為半透明或顯身，每一擊後都需要時間恢復。通常彩虹蝶舞會選擇隱身，不讓對手有可乘之機。」

「看來它現在隱身，是準備再次攻擊我們！」餃子意識到了危機。

這隻怪物居高臨下，又具備了隱身的能力，情況相當棘手！

「布魯！」四不像忽然注視着某個方向，急促地叫了一聲。

與此同時，布布路也感覺到了空氣的變化，提醒道：「注意，又來了！」

轉眼間，那對巨大的翅膀又出現在空中。彩虹蝶舞拚命地

扇動着翅膀，頻率愈來愈快，隨之形成的氣流也愈來愈強。

帝奇咻地行動了起來 ——

他靈巧地踏着墓碑，躍上一塊凸起的高地。儘管他速度很快，但還是受到了強勁氣流的影響，身體左右搖擺，一副搖搖欲墜的樣子。

「難……難道他想攻擊彩虹蝶舞？」餃子猜中了。頂着狂風的帝奇掏出暗器攻向那雙半透明化的羽翼。這招先發制人可是個大險招啊！

賽琳娜急得滿頭大汗：「豆丁小子，危險！快回來！」

帝奇置若罔聞地將暗器直射向彩虹蝶舞的雙眼。

叮叮 —— 哐噹 ——

攻擊氣流實在太強了，暗器被彈飛後全插在了周圍的墓碑上。

被激怒的彩虹蝶舞改變方向，向帝奇發起可怕的一擊 ——

彩虹蝶舞的周圍出現了一個高速運轉的巨大旋渦，不停地將附近的氣流吸入其中。旋渦愈來愈大，最終變成了一股強大的龍捲風，猛烈地向帝奇襲來。所到之處，大地龜裂，樹木被連根拔起，無數墓碑被捲到空中，不停地撞擊成碎塊。

龍捲風像一柄鋒利的剪刀，將空間剪成兩半。

「帝奇！」布布路三人急得像熱鍋上的螞蟻，偏偏無計可施。

明知躲不過去的帝奇反而無所畏懼地挺直腰板，一臉沉着地面對即將到來的致命攻擊。

生死一瞬間，一道金色的身影猶如閃電破空而來，毫不猶

豫地擋在帝奇身前，發出一聲驚天動地的咆哮──

「嗷！」

## 金獅的犧牲

巴巴里金獅邁開四肢，縱身一躍，像勇猛無敵的戰神一樣穿過了龍捲風，毫不留情地朝彩虹蝶舞揮動鋒利的爪子！

就差那麼一點點的距離，爪子與蝴蝶的翅膀擦身而過。

但這樣足夠了。為了躲避金獅的攻擊，彩虹蝶舞趕緊往後退，龍捲風消失了。

只是巴巴里金獅也同樣受到了重創，失去平衡後重重地摔在地上。

「巴巴里！」帝奇焦急地奔向金獅，心疼地檢查它的傷勢。

巴巴里金獅雄壯的身體被烈風割出無數道血口，鮮血染紅了金色皮毛。但它依然努力地用前爪撐起身體，想要站起來。

帝奇的眼眶瞬間紅了，咬着牙質問道：「我不是讓你走嗎？為甚麼你又回來了？」

巴巴里金獅慈愛地看着帝奇。一個莊重低沉的聲音在帝奇的腦海中響起：「帝奇，雖然你迫切地想要向別人證明自己，但是凡事不能魯莽，更不能逞強，應該量力而行。在面對這種高傷害系數的衝擊氣流時，最好還是選擇迴避。」

帝奇驚訝地環顧四周，最後將目光定格在金獅身上：「是你在跟我講話？」

「是的，」那個聲音喘息着，帶着幾分虛弱：「當怪物與主人的心靈相通時，就能彼此感應到對方的心聲。你終於從心裏接納了我，所以現在你能用心靈『聽』到我的聲音。我很高興，但可惜的是，我已經沒有多少時間再守護在你身邊了……」

帝奇極度震驚地看着金獅的身體突然歪向一邊，不可抑制地流下了滾燙的眼淚，搖着頭叫道：「巴巴里，不要死！我就是因為不願意看到你為我犧牲才趕你走的……我，我並不討厭你……」

「帝奇，我遵從你的意志離開，又遵從自己的意志回來。我承認，最初被命令保護你的時候，我非常不情願。但是在過去的十一年裏，我親眼見證了你的努力、你不服輸的毅力……所以，我想清楚地告訴你，我願意守護你……」巴巴里金獅像是困倦了一樣，慢慢地合上眼。

金獅為救帝奇犧牲了！

布布路三人心裏都感到一陣難過。賽琳娜忍不住抽泣起來：「嗚嗚……真是太可憐了！金獅居然就這樣死掉了！」

帝奇默默地站起身，虔誠地將自己的怪物卡片輕輕放在巴巴里金獅的額頭上，輕聲唸道：「願忠誠和榮耀與你同在。」

在他說完這句話後，奄奄一息的金獅化身成一道金色的光芒，飛入怪物卡中。原本空白的怪物卡中出現一隻酣睡的金獅，在它旁邊標注着——

**怪物名稱：巴巴里金獅**

**怪物等級：C 級**

**怪物屬性：物質系**

**怪物能力值：1 點**

帝奇揚起手中的怪物卡，轉過身，冷淡地對三人說：「哭甚麼，它還沒死呢！只是能力從 A 級退化到了 C 級。」

三人傻眼，布布路指指剛剛金獅所躺的位置，又指指帝奇，不可思議地問：「可是……你剛剛不是哭得稀里嘩啦，還叫它別死嗎？還有，為甚麼會降級呢？是因為它受了重傷嗎？」

帝奇垂下眼簾，隱藏起黯然的情緒，口氣平靜地解釋道：「我和巴巴里金獅已經生成了心靈契約，可我的能力有限，無法駕馭那麼強大的它，所以它只好降級配合我的能力……總之現在的它不全是往昔的它。」

原來巴巴里金獅沒事啊！布布路拍拍胸口，放心了。隨即，他哀怨地回過頭看着四不像，埋怨道：「就算不像帝奇和金獅這麼感人，但你就不能像普通怪物那樣對我嗎？我至少是你的主人嘛！」

四不像的回應就是鄙夷地拿鼻孔對他噴氣。

「嘶……」賽琳娜倒吸一口涼氣，恐懼地看着天空中的那雙再度現形的巨大翅膀。

餃子語氣沉重地說：「總覺得事情和我想像中有些不同……之前黑鷺和白鷺只是為了考驗我們，而這一次……感覺考官的目的卻是要我們 —— 死！」

## 穿越時空的怪物果實
### MONSTER MASTER 1

**新世界冒險奇談**
第十八站 STEP.18

# 科娜洛的真面目
## MONSTER MASTER 1

### 唯一的機會

彩虹蝶舞扇動着翅膀出現了，似乎在醞釀着要給他們可怕的最後一擊！

就在這時，布布路察覺到腳底下的土地傳來細微的鬆動聲，無數綠冠蛙從地下的四面八方向他們逼近。面對上下包夾的危機，他們要怎麼辦呢？

「我們閃躲，分批對付它們！」帝奇簡短地提出方案。

「不行，下面的綠冠蛙把我們包圍在蝴蝶翅膀的攻擊範圍

內，哪裏有能躲的地方！」餃子立刻全盤否定。

「有哦！我發現了可以躲藏的地方！」布布路手舞足蹈地解釋道：「那隻怪物發動氣流攻擊時，左邊翅膀的氣流方向向右，右邊的翅膀氣流方向向左，是交叉攻擊的，所以中間有個地方是空的。」

餃子的眼神瞬間亮了，一本正經地說：「聽着，我有個作戰方案需要大家同心協力。」

「甚麼作戰方案？快說啊！」賽琳娜催促道。

「既然布布路已經發現攻擊的漏洞，那麼就由布布路負責尋找那個安全位置。大姐頭和帝奇負責對付地下面的綠冠蛙。至於我⋯⋯」餃子望着天上蠢蠢欲動的彩虹蝶舞說：「等它攻擊結束要隱身的時候，就用藤條把它捕獲⋯⋯」

「這個辦法不錯。」三人點頭贊同。

「布布路，聽好，」餃子雙手搭在布布路肩上，認真地說：「這個計劃能否成功，全看你能不能找到那個安全位置，同時你的任務也是最危險的。藤條妖妖的防禦範圍有限，當我用藤條妖妖包圍住帝奇和賽琳娜時，你和四不像只能暴露在彩虹蝶舞的攻擊中⋯⋯」

不等餃子說完，布布路就信心十足地點頭道：「沒問題！我和四不像一定能完成任務！」

沒想到，四不像卻把頭搖得像個撥浪鼓。

布布路只好按住它的頭使勁往下壓：「看，它也說沒問題！」

「布魯——」四不像狠狠咬向布布路的手。直到布布路吃痛

地鬆開手，四不像才一臉嚴肅地將一對爪子伸向布布路。

布布路恍然大悟，一臉悲壯地點點頭：「好，成交，十個蛋糕，我晚上去廚房拿給你。」

「布魯布魯！」四不像立刻進入鬥志昂揚的狀態，看來布布路與他的怪物也漸漸建立了奇怪的溝通方式。

彩虹蝶舞使勁地揮下翅膀，似乎在醞釀一場比前兩次更強的氣流攻擊。

潛伏在地下的綠冠蛙也蜂擁地躍了出來，一個個張着長滿鋒利牙齒的嘴，狠狠地咬向四人。

賽琳娜指揮水精靈向那些醜陋的綠冠蛙們發射高壓水柱。不少綠冠蛙被沖到了半空中。

帝奇靈活地移動着，成片的暗器從各個方向射向那些綠冠蛙，打得它們毫無招架之力。

元氣大傷的綠冠蛙們驚慌地搖晃着頭上的綠冠，迅速躲回地下，不敢再輕舉妄動。

在這個過程中，布布路卻紋絲不動。他目不轉睛地盯着空中的彩虹蝶舞，即使好幾次差點被綠冠蛙咬到也毫不動搖。因為他堅信他的夥伴不會讓他受傷。

正是這份信任，為他們找到了獲勝的契機！

在綠冠蛙退敗的那一剎，彩虹蝶舞猛然發動了攻擊。七彩的翅膀扇動起一股強大的氣流，直直衝向地面的四人。

布布路和四不像心有靈犀地同時看向某處，一前一後地扯着藤條妖妖拉開的藤網，以最快的速度往那個安全位置跑。

　　成功了！這是很奇異的情景，狂風烈烈，在眾人兩側呼嘯，而身處兩道狂風間隙之間的幾人卻安然無恙。就在大家都鬆了一口氣的時候，跑在最末的布布路卻被兩道交互對衝的強勁氣流夾在了中間！

　　布布路感到身體像被千斤重物碾壓過一樣，疼痛難忍。嚴重的缺氧讓布布路眼前模糊一片，身體好似一片落葉，在兇猛的氣流中飄飄盪盪……

　　「布魯！」四不像如同閃電一般衝向布布路，一口咬着他的衣角，將他拖進了安全地帶。

　　布布路步履不穩地摔倒在地。這一摔也讓他清醒了不少。四不像在關鍵時刻居然挺身救了自己，這可把他高興壞了。

　　感激的話還沒來得及說出口，四不像再次一臉嚴肅地對着他伸出了一對爪子。劫後餘生的布布路瞬間就失去了喜悅的心情，原來他的小命也就值十塊蛋糕啊！

　　衝擊氣流漸弱，餃子精神一振，指着正在隱身的彩虹蝶舞大喝道：「藤條妖妖，發動必殺技 —— 藤網纏繞！」

　　一瞬間，藤條妖妖收回覆蓋在眾人頭頂上的防禦網，向彩虹蝶舞甩去，勝負在此一舉！

　　彩虹蝶舞慌了神，拚命拍動着翅膀想要逃離，沒想到那幾條藤蔓好像長了眼睛，準確地纏上了它的翅膀。

　　撲通 —— 彩虹蝶舞被扯了下來，重重地摔在地上，無助地抽動着翅膀。

　　「我們贏啦！」四人沉浸在勝利的喜悅中，紛紛擊掌慶祝。

「喂，你們是不是高興得太早了？」一個熟悉的聲音在他們背後響起。

四人回頭一看，科娜洛考官站在一隻超級大的綠冠蛙頭頂上，周圍還密密麻麻地圍繞着一大羣數量驚人的綠冠蛙，她看着他們的目光陰森得可怕。

## 卑鄙的冒牌貨

「考官，這場測試中，你為甚麼對我們下殺招？就算要懲罰我們闖入禁區，也應該是由基地決定，而不是你吧？」餃子乾脆撕破了臉皮。

「怎麼？你們可是將來要成為怪物大師的人，以後這種危險隨時都會遇到，我只是讓你們先體驗一下。」科娜洛譏諷地說。

一根筋的布布路連連點頭，他從頭至尾就沒有懷疑過測試內容的合理性。

賽琳娜也猶豫了，難道是他們誤會科娜洛了？

「少糊弄人！你當我們白痴嗎？」
帝奇兇狠地瞪着科娜洛。

「哼！」科娜洛冷哼一聲，掏出一張怪物卡，將彩虹蝶舞收回卡中。

「咦？」有着超犀視力的布布路清楚地看到那張怪物卡中顯現出的是另一種陌生怪物。

「千面……妖蛾？」

賽琳娜飛快地翻起了怪物圖鑒。餃子也湊到賽琳娜身旁去看，突然猛地一擊掌，似乎想到了甚麼。

「科娜洛大人，你的怪物原來個冒牌貨啊，」餃子唯妙唯肖地模仿着科娜洛的口氣譏諷道：「千面妖蛾是超能系 B 級怪物，可以變成並模仿它們的是冒牌貨，原擊是不留死角了漏洞，讓

所有與它交戰過的怪物，招數。不過冒牌貨畢竟本彩虹蝶舞的氣流攻的，但剛才卻出現我們有機可乘。既

然怪物是假的，那麼我是不是有理由懷疑你也是假的呢？」

餃子揭露的真相太驚人了！儘管他分析得有理有據，但賽琳娜還是難以置信地問：「可是這裏是摩爾本十字基地！這裏……這裏怎麼可能會有假冒的考官？」

科娜洛冷笑一聲：「哼，小姑娘，你把摩爾本十字基地想得太偉大了吧！」

這句話中充滿了敵意和輕蔑，不要說原本只是打算套話的餃子了，另外三人也瞬間醒悟過來，這人真的有問題！

「我懂了！昨天晚上我們其實看到了兩個科娜洛考官。真的科娜洛被她關在了箱子裏！因為我們發現了她的祕密，所以她才想要置我們於死地！」餃子恍然大悟地說。

「小鬼們，真有你們的！」「科娜洛」突然古怪地笑了起來。

「要不是之前我和那隻該死的『魔靈獸』大戰一場受了傷，你們早就死了！對了，布布路，我要獎勵你一下！」

說着，「科娜洛」伸手在臉上一抹，她的臉就徹底變了個樣。天哪！布布路驚呆了。這，這不是爸爸的臉孔嗎？

「後會有期！」她的聲音也變成了爸爸低沉的聲音。

難道她認識爸爸？布布路一驚。

眼看着千面妖蛾載着冒充者愈飛愈高，布布路急得邊追邊喊：「你到底是誰？你認識我父親嗎？」

「給你一樣好東西，自己去探查真相吧！嘿嘿……」

「科娜洛」奸笑着，從空中丟下一樣東西，隨即騎着千面妖蛾消失在茫茫的天際。

# 怪物大師成長測試

**Q09** 你的面前出現了一個人，他先是冒充你的導師，再是變成你爸爸的模樣，你心裏會對他有甚麼想法？

A. 這傢伙絕對是個壞人！

B. 他是不是閒得發慌？

C. 敢欺騙我，他死定了！

D. 也許他有甚麼難言之隱吧……

E. 奇怪，難道他真是我爸？

## A 【解析】

A. 在你眼裏，正義就是正義，邪惡就是邪惡，從來沒有想過要去辯證，瞭解一個人吧！（1分）

B. 你一點都不在乎爸爸的事嗎？（9分）

C. 難道你想追殺他？不過以此作為線索去追查爸爸的事，說不定會有意外的收穫。（7分）

D. 萬一他真是壞人怎麼辦呢？記住，你的「善解人意」要適時應用！（3分）

E. 拜託，連布路這種單細胞生物都不會這麼想，你也別被騙了才好哦！（5分）

完成這個測試後，你可以得到一隻屬於自己的怪物！

測試答案就在第四部的 202，203 頁，不要錯過哦！！

這是成為怪物大師的必經之路！！！

這是每一個怪物大師的必經之路！向所有的困難發起挑戰吧！

找到最適合自己的解決辦法！

● 第十八站 ● 科娜洛的真面目 ●

穿越時空的怪物果實

MONSTER MASTER 1

### 新世界冒險奇談
#### 第十九站 STEP.19
# 惡魔之子
## MONSTER MASTER 1

### 地獄皇后島的陰謀

　　布布路接住了冒充者丟下來的東西。那是一枚通體烏黑的古怪印章，上面刻着一條金色的食尾蛇。三個人都湊上去看，但沒有人認識這是甚麼印章。

　　不過比起這個，餃子更在意考試：「那現在怎麼辦？我們到底算不算通過考試了？」

　　「當然算通過！你們表現得那麼好，當然要讓你們通過這次的招生會。」一個熟悉的聲音從他們身後傳來。

另一個科娜洛和一大堆基地的導師們笑眯眯地站在他們身後的石堆上。

領頭的是一位威信十足的白鬍子老者，包括黑鷺和白鷺在內的數十位導師畢恭畢敬地跟在身後。

布布路四人身後響起一片熱烈的掌聲。導師們都贊許地看着他們，這四個孩子臨危不亂，憑藉驚人的勇氣和機智的判斷，如同耀眼的新星一般，牽住了所有導師的視線。

老者走到了隊伍的最前方，尖瘦的鼻樑上架着一副小圓眼鏡，臉上滿是一道道深刻的皺紋，看着布布路四人的眼中閃爍着智慧的光芒。

他打量着眼前四個有着強大潛力的孩子，慈愛地說：「孩子們，這一位才是真的科娜洛考官。」

於是，科娜洛將事情的前因後果告訴了大家——

原來在招生會開始的前一個星期裏，基地裏突然爆發了一種怪病，不少預備生和導師的身上都長出了綠色皰疹，這種可怕的皰疹會根據個人的體質，在一段時間後移動並集中到患者的脖子上，如同蛇一樣纏繞起來，使患者呼吸困難，嚴重的人會就此昏迷不醒。

作為藥劑導師的科娜洛開始緊急配製解毒的草藥，因為根據她的判斷，若是這種皰疹完全纏繞起來，形成如同蛇頭咬住蛇尾的樣子，那患者就死定了！

經過三天三夜的努力，她終於研究出了救治這種怪病的配方。

也就在那天晚上，科娜洛卻在基地東塔樓裏碰到了基地失蹤已久的魔靈獸。

當時，有人正在追殺它。為了救魔靈獸，科娜洛和對方交手。但事發突然，科娜洛又連日沒有休息，一個失手便被對方打暈了。緊接着，科娜洛被關進了木箱裏，而那人冒充她，潛入基地裏為非作歹……

再後來，木箱裏的科娜洛就被一隻奇特的怪物給咬醒了。

「那你知道冒充者是誰嗎？」急於知道父親線索的布布路緊張地追問。

老者看到賽琳娜手中的印章，讚揚道：「你們表現得很不錯！粉碎了烏洛波洛斯的陰謀！」

「烏龍……鳳梨絲？」布布路完全摸不着頭腦。

老者捋了捋花白的鬍鬚，解釋道：「烏洛波洛斯的意思是食尾蛇，是一個邪惡組織的標誌。傳說這種會吞噬自己尾巴的蛇只存在於地獄皇后島，那裏也是這個邪惡組織的大本營。但是沒有人知道那個島在哪裏。

「今年招生會開始前，我接到了一個叫亞克的怪物大師發來的急件信函，上面提到在影王村爆發的綠色皰疹怪病，以及基地根本就不會發出的大量蟒蛇皮申請表，這引起了我的重視。然後在招生會的當天，趕來北之黎參加招生會的考生異常之多，並且大多數人手中都拿着一張蟒蛇皮申請表。

「為防萬一，雙子導師就將這些申請表收集在一起，經過檢驗後發現並無異常。那就是說，做這件事的人只是想把人羣集

中到十字基地來嗎？他的目的是甚麼呢？會不會和基地爆發的怪病有關呢？帶着這些疑問，我繼續暗中調查這些事，沒想到原來是食尾蛇的成員到處派發申請表，並潛入基地，大量散播了一種怪物病毒，還襲擊了我們的藥劑導師，炮製假藥讓怪病爆發得更加猖獗。而他的目的 —— 估計是打算借這次招生會，引起大規模的混亂，讓我們十字基地垮台，怪物大師身敗名裂！」

「布魯！布魯！」老者一邊說，四不像一邊贊同地頻頻點頭。

難怪賽琳娜和帝奇吃了草藥之後，病情反而更嚴重了。四人恍然大悟。

布布路疑惑地看着衝自己翻白眼的四不像，他的腦海裏生出一個奇怪的念頭：難道當時四不像之所以在基地東樓裏襲擊「科娜洛」導師，是因為發現了那個人是冒充者？

真的是這樣的嗎？布布路用力按着自己的太陽穴發出「腦電波」，想要和四不像心靈相通。

但就算他憋紅了臉，也聽不到、感覺不到四不像的任何回應。

唉，到底是哪裏有問題啊？怎麼只有他無法和自己的怪物簽訂心靈契約啊？

「嗚……」賽琳娜的身子突然晃了晃，一下子栽倒在地，呼吸困難得臉都青了。

「大姐頭，你怎麼了？」餃子擔心地抱起賽琳娜，只見她脖子上的綠色皰疹慢慢移動着，就要咬合在一起了！

帝奇也站不住地往後退了一步，布布路趕緊上前扶住他。

「科娜洛導師，請你救救大姐頭和帝奇吧！」布布路急得像熱鍋上的螞蟻。

　　「怎麼不早說？你們有人感染了嗎？」科娜洛縱身躍下高高的石堆，要不是隔得有些遠看不清楚這兩個孩子的狀況，她早就先救治他們了，哪還會說那麼多廢話！

　　科娜洛掏出隨身攜帶的兩個藥劑瓶，稍一混合，灌入了賽琳娜和帝奇的口中。

## 禁忌的名字

　　賽琳娜和帝奇喝下解毒劑數分鐘後，脖子上那些令人作嘔的綠色皰疹就迅速消失了。

　　「哦！耶——」布布路開心得大叫，並對科娜洛投去敬佩的

目光，這就是藍星人所仰仗的怪物大師啊！真是了不起的職業！

餃子、賽琳娜對視一眼，都露出了欣喜的笑容，就連帝奇也破天荒地扯了扯嘴角。

意識到白鷺的目光在觀察着自己，帝奇從懷裏掏出一個怪物果實原封不動地還給他。這就表示他已經決定選擇巴巴里金獅了！

白鷺收起果實，對帝奇點了點頭。

「難道您是愛……愛倫·尼科爾院長？」餃子打量着白鬍子老者聲音激動得直打顫：「就是那個傳說中不知道活了多少年，被稱為『老不死』的……愛倫·尼科爾院長？」

黑鷺敲了餃子一個爆栗，沒好氣地糾正：「愛倫·尼科爾院長是『不死老者』！」

尼科爾院長卻一點都不介意，轉身詢問布布路：「你就是黑鷺提到的收到特別申請表的孩子吧。那你一定遇見了魔靈獸，它後來怎麼樣了？」

「它受了很嚴重的傷，從嘴巴裏吐出這個東西後就跑掉了。」布布路老實地回答，從口袋裏掏出了那卷蓋有十字星印章的羊皮紙，那塊燙金的獎牌也隨之掉在了地上。

在場所有的導師，包括尼科爾院長，看到羊皮紙後，都露出了無比詫異的表情，不由得對眼前這個奇怪的孩子刮目相看。

「孩子，從很久以前，我們基地就有一個傳統，凡是擁有這卷羊皮紙的人根本不用參加招生會，就可以直接進入基地，這是魔靈獸對這個人能力的肯定。」尼科爾院長慈祥地說。

「甚麼？既然你可以直接錄取，幹嗎還跟着我們一路考試啊？」餃子難以置信地叫出來。

布布路撓撓頭，誠實地回答：「我又不知道。不過我一點也不後悔參加了考試，因為認識你們了呀，而且考試本身也很有趣！」

賽琳娜撲哧笑出聲來，果然是布布路的風格。

帝奇則是第一次拿正眼打量起布布路，心裏想着：這個傻頭傻腦的傢伙到底是甚麼來頭啊？

尼科爾院長的目光又移向布布路身邊的那隻醜八怪怪物，一絲疑惑在他眼中閃過，奇怪，他從沒見過這種怪物。

「布魯！」四不像伸了一個懶腰，肚皮上的青色十字標記顯露了出來。

「原來如此。」尼科爾院長意味深長地對布布路笑道：「你真是得到了一隻了不起的怪物！」

了不起的怪物？布布路狐疑地打量着渾身像生了鏽般難看，還啪啪跺着腳的四不像，滿肚子疑惑，尼科爾院長真的是在說他的醜八怪怪物嗎？

算了，就當是這樣好了，布布路傻笑。他的表情讓科娜洛導師有種莫名的熟悉感，布布路仿佛跟一個很遙遠的影像重疊在

一起。

科娜洛注意到了地上的那塊獎牌，隨即又看了看布布路，遲疑地問道：「難道，你的父親是 ——克勞德‧布諾‧里維奇？」

聽到這個名字的導師們，臉上的血色刷地一下子消失了。似乎這個名字包含着甚麼禁忌的詛咒，四周被不正常的氣氛籠罩起來。

「別亂說，」一個導師警告般地看着科娜洛說：「那個殘忍的魔頭怎麼可能會有小孩！他是我們摩爾本十字基地的恥辱！是全人類的公敵！」

「不許你污蔑我爸爸！他明明是獲得摩爾本十字基地最高榮譽獎牌的人！」布布路舉起地上的獎牌。他的臉因為憤怒而漲紅，完全忘記了亞克的警告。

眾人譁然。

「原來他是那個惡魔的孩子！滾出去！不能讓他進入我們摩爾本十字基地！」

「沒錯！流着殺人魔血脈的人，誰知道他會對其他學生做出甚麼可怕的事！」

「哼！說不定這次食尾蛇組織對我們基地的破壞行動，就是他招惹來的！」

## ✚二年前的真相

當布布路捅破了最為禁忌的那層紙後，摩爾本十字基地的

導師們都震驚了。他們的神情一下子從極度的讚譽變成了極度的厭惡。

賽琳娜實在看不下去了，站出來反駁道：「你們太過分了！雖然我不認識布布路的爸爸，但我知道布布路善良、勇敢又正直。就算他爸爸真的有錯，你們也不能把賬算到布布路的頭上吧！這不公平！」

「沒錯，」一向圓滑的餃子也站到布布路的身邊：「摩爾本十字基地自詡為正義使者，現在卻以有色眼光來看待一位少年，你們配得上『怪物大師』的稱號嗎？」

帝奇冷冷地掃了眾人一眼，一針見血地說：「我看你們是因為拿布布路的爸爸沒辦法，才把氣出在布布路的身上！」

一個鼠灰色頭髮的導師衝出來咆哮道：「你們這些小鬼懂甚麼！布諾‧里維奇當年可是殺了十一個無辜的怪物大師！而且這些人全部都是他的隊友！」

殺了隊友？這是布布路第一次真切地聽到父親的事情，他的表情就像一隻受傷的小獸，懇求地望向尼科爾院長：「院長爺爺，求求您告訴我真相！」

尼科爾院長沉吟片刻，慢慢地回溯起往事：「我曾經深深地為布諾‧里維奇感到驕傲。他也是跟你差不多大的時候加入了基地，是一個聰明勇敢、正直剛強的孩子，不光善於學習課本上的知識，更善於在實踐中增長經驗。沒多久，他就正式晉升為怪物大師，而且幫基地解決了一個又一個的大難題，被授予了基地最高榮譽的獎牌。但是後來發生了一件事，徹底顛覆了大家對

他的認知……

「十二年前，布諾‧里維奇接到由怪物大師委員會最高領導人直接指派的Ａ級高危險任務。除了任務頒佈者和執行者，沒人知道任務的內容。很快，你父親就和其他十一位來自不同地方的精英們出發了。沒想到可怕的意外發生了！那十一個人全部死了，而且他們身上的致命傷都出自你父親之手。你父親也就此失蹤了。於是，布諾‧里維奇就成了我們基地的禁語！」

布布路震驚了。他的目光依次從那些仇視自己的導師身上掃過，心裏像打碎了五味瓶一樣，滋味複雜極了。

難道他爸爸真的是殘忍的殺人惡魔？

「不，我相信我爸爸。」布布路回憶起火焰中父親溫柔的目光，固執地搖了搖頭，挺直了腰，堅定地說：「我一定會找出證據證明給你們看，我爸爸不是殺人兇手！絕對不是！」

「哼！總之我們不能接受惡魔之子進入十字基地！」導師們仍然堅持要趕走布布路。

「如果你們執意讓沒有過錯的布布路退學的話，我也要退學！」賽琳娜突然站出來，含着淚珠大聲宣佈：「我和布布路都是為了實現成為怪物大師的夢想而來，而我看到的是，你們這些了不起的怪物大師將不屬於布布路的懲罰強加到他的身上，殘忍地扼殺他人的夢想，我可不想將來變成你們這樣的人！」

「我們這麼做是防患於未然！」一個導師痛恨地說。

「依我看，分明是杞人憂天，」餃子漫不經心地掏了掏耳朵：「與其擔心布布路會變成魔王，不如引導他成為一個好人，除非

你們沒有自信能教好他。沒有自信的導師，我也不稀罕。所以如果布布路退學的話，也算我一個。」

帝奇看了看那三人，平靜地說：「我聽說有另外一個不錯的怪物大師培訓基地，要不要一起去試試？」

一直孤零零長大的布布路握緊了拳頭，一股溫暖的力量湧進心底。此時此刻，他比以往任何時候都強烈地感到了某種珍貴東西的存在。

那就是——友情。

面對四個團結一致的孩子，導師們氣得發抖：「從來沒有人會笨到主動放棄進入摩爾本十字基地的資格。如果你們想通過這種方式威脅基地，我們會上報怪物大師委員會把你們永久除名，沒有學校會收你們的！」

「閉嘴！」科娜洛大聲宣佈：「我才是負責最後審核的考官，決定權在我手中！」

尼科爾院長意味深長地摸了摸鬍子：「有些東西是無法壓制的，人類的夢想，時代的變革……科娜洛，你怎麼想呢？」

「我要讓他們挑戰『試煉之門』！」科娜洛正氣凜然地說，隨後，她轉向布布路四人：「這可能會是你們所遇到的最難的挑戰！通過試煉之門，你們就能正式加入摩爾本十字基地，否則，你們就要離開。你們要不要接受這個考驗？」

四人眼神堅定，異口同聲地答道：「我們接受考驗！」

**新世界冒險奇談**
第二十站 STEP.20

# 最後的試煉之門
## MONSTER MASTER 1

## 人性的試煉

試煉之門其實並沒有他們想像中的那麼可怕，只是殘酷而已。

科娜洛給予的提示很簡單，開啟試煉之門也就是考驗最後的人性。

只不過臨行時，黑鷲暗中透露給他們的消息，為他們雀躍的心蒙上了一層陰影……

以試煉之門的測試為最後關卡的招生會，幾乎每十年才有

一次，而且到目前為止，從未有人能通過。當然，如果萬一他們能通過的話，院長大人就會授予他們加入摩爾本十字基地的資格，而那些對布布路入學有異議的導師，也可以閉上嘴了。

只是從那些反對派導師的表情來看，他們認定這個「萬一」是不可能出現的。

很快，布布路四人就被帶到了一扇巨大的石門前。

石門由兩個手持巨斧的石雕巨人守衛着，它們表情猙獰，栩栩如生。

石門上寫着幾個令人望而生畏的碩大字跡 ——

**入此門者 生死自負**

賽琳娜吞了吞口水，不安地望着身邊的三個同伴：「裏面到底有甚麼啊？為甚麼稱為試煉之門呢？」

餃子攤攤手：「不知道！不過現在看來，不管裏面有甚麼，我們都沒有退路了。」

「話雖如此，但是怎樣才能掌握更多的線索，通過試煉之門呢？」賽琳娜疑惑地看着沒有任何縫隙的沉重石門。

「你們快來看，這裏有字！」布布路像發現新大陸一樣，指着石門的邊角大叫起來。

另外三人頓時精神一振，飛快地圍了過來。

石門上面用極小的字體寫道：

**試煉之門的測試對象僅是人類，怪物會被一種特殊氣層包裹在怪物卡裏，故主人的召喚不會得到任何回應。**

三人立即掏出怪物卡，果然，上面罩着一層薄膜，無法召喚怪物。

餃子沉思片刻，一對細長的狐狸眼中透出精明世故的光芒：「剛剛科娜洛考官說，這一關考驗的是人性，所以我們必須自己想辦法通過試煉之門！」

就在這時，氣定神閒地賴在布布路棺材上面的四不像百無聊賴地打了個哈欠。

「為甚麼四不像不受影響？難道是因為它之前把怪物卡吃掉了？」布布路對於自己這個堪稱異類的怪物實在有太多疑問。

「也許吧。」賽琳娜也不知道。

「有空關心這個，還不如集中精神通關！」帝奇連眼神都懶得分給四不像，徑直走向石門。與其在這裏耽誤時間，還不如速戰速決。這才是雷頓家的作風。

不可思議的是，就在四人零距離接觸石門的同時，石門自動地向上升起了。

難道，他們輕輕鬆鬆就能通過試煉之門了嗎？

當四人抱着僥倖心理向前邁步想要通過時，轟隆隆一聲巨響，石門從頭頂砸了下來。

四人趕緊雙手撐住。

然而，試煉之門仿佛計算好了一般，愈來愈重，直到所有人用盡全力，半點也動彈不得。

這時，站在中間的餃子注意到升起來的石門上寫着通關規則，試煉之門的真面目比他想像中的更為可怕。

「原來這扇門會事先根據測試者的個人資訊，定下它的最高承受量，而控制石門的開關就在門後的五步之遙。也就是說，只要我們中有人離開，不，只要有人移開一隻手的話，我們與石門之間的重量平衡就會被破壞，整扇門都會壓下來，把我們壓成肉餅。」餃子一邊向他們做說明，一邊思索着可行方案。

「那不就意味着我們根本沒機會去啟動那個機關嗎？」賽琳娜說出了重點。

「不僅如此，還需要考慮如果我們到最後力竭不支，門壓下來後，我們還是會全軍覆沒。」餃子乾脆地說：「依我看，這根本是在玩命了！」

「難道我們只能就此放棄嗎？」賽琳娜不甘心地咬緊嘴唇。

「面對生死，誰能保證不會有人拋棄其他人？」帝奇以賞金王‧雷頓家族的家訓為依據，揭露了最現實最本質的人性。

餃子和賽琳娜相互看看，彼此在對方的眼中察覺到了動搖——他們四人之間真的有同生共死的信任和默契嗎？

「布魯！布魯！」四不像猛地甩動耳朵，打在布布路的頭頂上，表達自己的意見。

「你說的是真的？」布布路一臉驚喜地問。

「布魯布魯，布魯！」四不像奸詐地轉動眼珠子，揮舞着兩隻爪子，比比畫畫。

「四不像說，如果你們每人給它十個布丁，它就願意去啟動那個機關。」布布路向其他三人翻譯了四不像的要求。

「甚麼？它是在趁機敲詐我們嗎？」賽琳娜不滿地哼哼道，可她的手已經開始顫抖，她知道自己撐不了多久了。

「沒想到這隻醜八怪怪物那麼狡猾！不過利用它的速度……的確是個可行的方法。」餃子回憶起四不像誘騙金剛狼的那場戰鬥，忍不住有些動心了：「況且現在的情況也只能死馬當活馬醫了，我們不如賭一把吧？」

帝奇沉默地點點頭，表示贊同。

## 最後的挑戰，友誼萬歲

「就是現在，快去！」

四不像的身形一閃，電光石火般地衝向石門開關。

一個醒目的金屬把手就設置在大門之後。只要輕輕一拉，他們就勝利了！

四人的情緒因為勝利在望而異常澎湃，但上天卻和他們開了個一點都不好笑的玩笑！

只差一步的時候，四不像忽然腳下一滑，撲通一聲，滑稽地栽倒下去，腦袋不幸地撞上石頭地面，等它再站起來時，只是不停地搖晃着暈乎乎的腦袋，將其他事情都忘得乾乾淨淨。

「這個成事不足敗事有餘的傢伙！」賽琳娜氣憤地叫了出來，噴火的眼睛更是恨不得在四不像身上戳幾個洞。

石門的重量以每秒遞增的速度給四人帶來難以想像的可怕壓力，他們的手臂開始發麻，雙腿止不住地發抖。

因為太過使勁，布布路的額頭上青筋暴起，臉漲得通紅。

「快想辦法，我要撐不住了！」賽琳娜瀕臨極限，一旦她鬆手或者脫力，石門就會立刻掉下來。

「我喊一二三，我們全部鬆手，一起往後退。一定要等我數到三時大家同時行動。」餃子當機立斷地做出決定：「一、二、三！」

千鈞一髮的瞬間，大家全部屏息以待，不敢分神，儘管只是幾秒鐘的時間，但是在巨大的心理壓力下，卻覺得這幾秒好

似一個世紀那麼漫長。

在餃子喊出最後一個數字時，四人齊齊放手，往後退去。

「布布路！」賽琳娜大驚失色，她注意到布布路側着身子拚命扭動，但他整個人並沒有退離石門。

哐——巨響傳來，預計之中的石門墜落沒有發生。

大家定睛一看，原來布布路背上的棺材好似一根石柱頂在了石門的正中位置，把石門給卡住了！

怎麼回事？一口棺材居然能支撐住如此巨大的石門？

「別發呆，快去把開關拉起來。」餃子第一個回過神來，趕緊提醒大家。

帝奇彎下腰，敏捷地從布布路身邊躍過，來到四不像身前，用手拉起紅色的把手，試煉之門向上升起。

「呼——嚇死我了！」布布路驚魂未定地拍了拍胸口，又氣憤地對地上依然迷迷糊糊的四不像喝道：「你沒有完成任務，所以布丁不給你！」

一聽到「布丁」兩個字，四不像眼睛一亮，張開大嘴撲向布布路。主人與怪物再次纏鬥起來。

此時，石門的那一邊，尼科爾院長帶着所有的導師向四人走來，讚賞地宣佈：「孩子們，恭喜你們通過了試煉之門！」

「哼！分明是走了狗屎運。」反對派的導師們對於這個結果大為不滿，譏諷地說。

「並不是每個人都有這種好運的。我可聽說之前挑戰試煉之

門的考生在看到說明後就嚇得落荒而逃了！」黑鷺好奇地繞着布布路的棺材走了一圈，說出來的話更是讓那些反對派的導師們氣得臉都青了。

「院長，請您對這四個孩子的表現做一下總結吧！」科娜洛微笑着提醒尼科爾院長。

尼科爾院長摸了摸銀色的長鬍鬚，威嚴地說：「每一個人都知道朋友的重要性，每一個人都相信自己是信任同伴的。然而當生死真正來臨時，很多人才會發現自己唯一信任的人只有自己。這種萬事都以自己利益為出發點的人並不笨，或許還有些小聰明，但是這種人卻絕不可能通過我們的考驗。

「因為我們摩爾本十字基地所培養的是肯為他人付出的怪物大師。大家都知道，怪物大師是一個能給你帶來榮耀的職業，但同時，也要面對許多危險的任務。這些任務單靠自己的力量是無法完成的，而是需要團隊協作的。

「這扇試煉之門就好比任務中生死存亡的瞬間。有的人失敗了，有的人放棄了，根源就是因為他們不信任同伴！你們呢，敢不敢把自己的背後交給同伴？孩子們，很高興你們讓我看到甚麼叫友誼、甚麼叫信任，不過在以後的任務中，如果你們遇到了同樣無法應對的危險，我更希望你們能首先保住自己的性命，因為並不是每一次你們都會有那麼好的運氣！

「最後，我代表摩爾本十字基地，歡迎你們加入，希望你們在基地找到可以生死與共的夥伴。」

布布路四人你看着我，我看着你，雖然每個人都是灰頭土

臉的狼狽樣，但是他們的眼中都綻放出了歡樂的光芒。

「萬歲！我們終於通過考試了！」布布路四人抱在一起高聲歡呼。

## 尾聲

尼科爾院長捋着長長的鬍鬚，笑瞇瞇地看着他們吵吵鬧鬧，似乎也被他們的喜悅所感染。反對派的導師們看到這一幕，乾脆黑着臉拂袖而去。

黑鷺碰了碰白鷺，擠眉弄眼地說：「白鷺，你其實剛剛已經準備好要出手幫忙了吧？」

「難道你不是嗎？」白鷺淡淡地回答。

「我一直沒發現你竟然是善良的人。」黑鷺用故作誇張的口吻說：「還有科娜洛，剛才在布布路差點被石門壓死的時候，你差點哭了吧？女人真是多愁善感啊。」

科娜洛沒好氣地瞪了黑鷺一眼：「你知不知道話多的人往往死得最快？」

黑鷺看着尼科爾院長若有所思的表情，不由得好奇地問：「院長，你在想甚麼？難道你也在擔心布布路的加入會給基地帶來甚麼不良影響嗎？」

尼科爾院長搖搖頭，注視着笑容滿面的布布路，興致勃勃地說：「屬於我們的時代早該結束了，我很期待他的加入能帶來新的革命。就讓我們拭目以待，看看這個惡魔之子，究竟能成為

甚麼樣的怪物大師吧!」

　　夕陽的餘暉映照着四個孩子的剪影，布布路站在一片橘色的光亮中。

　　——新的傳說開始了嗎？

<br>

【第一部完】

# 怪物大師成長測試

**Q10** 如果導師因為你的出身而反對你加入摩爾本十字基地，並提出讓你和同伴一起通過試煉之門的測試。在不知道試煉之門會有甚麼花樣的情況下，你會怎麼做決斷？

A. 直接無視他們，自己掉頭走人。

B. 二話不說，與同伴一起參加這一關的測試。

C. 一定要先搞清楚測試內容是甚麼，再做決定。

D. 把這筆賬記在心裏，先忍氣吞聲地過關，之後再慢慢報復那些反對派。

E. 央求考官讓自己的同伴通過，自己獨自一個人去挑戰試煉之門。

## Ａ 【解析】

A. 驕傲是貼在你腦門上的標籤，可是你有沒有想過，有時成功的代價就是忍辱負重！（7分）

B. 相信同伴，也相信自己，這就是主角的命運！（1分）

C. 運籌帷幄，不做沒把握的事，這是你為人處世的風格。（5分）

D. 你的腹黑沒有止境，而且深藏不露，未來的終極暗黑大 BOSS 就應該讓你去當！（9分）

E. 你是講義氣的人，享福的時候絕對不會忘記自己的朋友，但有時你更需要的是可以共患難的朋友！（3分）

完成這個測試後，你可以得到一隻屬於自己的怪物！

測試答案就在第四部的 202，203 頁，不要錯過哦！！

『泰坦巨人』

喚醒沉睡中的最後一個巨人吧！他將指引你們走上正義的道路。

夢想
DREAM

友誼
FRIENDSHIP

給繼承勇氣的孩子們

我相信天空的對面沒有無法實現的夢想
以輕快的心情邁向你所描繪的未來吧

超越絕望
變強！！！

第二部
《沉睡的泰坦巨人之城》

物質系裏面最著名的怪物之一──巨人「泰坦」從這個星球上已經消失數千年了。

傳說全世界最堅硬最珍貴的「泰坦原石」就是從巨人泰坦的身體上取下來的。

聽說這種神祕的原石只存在於會移動的城市──魔都奧古斯

TITAN GIANT

## 下部預告

魔都奧古斯——這座世界上最富有的城市裏究竟發生了甚麼事？

傳說中的第十二道暗夜之門裏隱藏着怎樣的祕密？

咔嗒咔嗒……

臭名昭著的陰謀者自稱擁有神的力量，操控着一支恐怖的黑爪軍團。

深黑礦井裏，奧古斯的人民被刻上了奇怪的烙印，被巨型的鎖鏈束縛着！開甚麼玩笑，布布路四人憤怒了，面對殘酷的敵人，他們火力全開了……

勇氣
COURAGE

# BUBURO.BURO. LIVAGE

布布路·布諾·里維奇

信任與懷疑，忠誠與背叛，死亡遊戲倒數計時！

# BUBURO.BURO.LIVAGE

布布路·布諾·里維奇

## MONSTER MASTER
**Especially written for kids aged 9-14**

我叫布布路,今年12歲,現在請允許我向大家介紹我的家鄉。

### ①布布路的報告書

# 影王村生存大冒險

**我尋找着未來的地圖,為了抓住滿溢的夢想,才會飛越地平線!**

布布路:喂,你知道影王村在哪裏嗎?

那可是怪物大師中的傳奇人物,十影王之一——焰角·羅倫的故鄉。

咦,你問要怎麼去?

很簡單啦,搭乘龍蚯就可以到達了。

哎呀呀,怎麼回事?那麼多人想去……餃子、大姐頭、帝奇,你們也要一起來嗎?

別急,別擠,一部龍蚯可是能坐很多人的。大家按次序上來吧!

嗚嚕嚕嚕……龍蚯蠕動,我們出發吧!

---

**THE FIRST STEP**

布布路:龍蚯已到站,各位請拿好隨身行李下車吧,接着就是——

5000米的步行路程哦!

賽琳娜(握拳頭):我想揍人了!我之前從沒坐過龍蚯,所以很想試

試,但是早說要走那麼遠的路的話,我就開甲殼蟲回來了!甲殼蟲才是最方便的居家旅行必備交通工具!

餃子(伸開雙手,阻攔 ING):大姐頭,冷靜!冷靜!就當強身健體啦!

帝奇(打哈欠):吵死了,讓開……

布布路:鏘鏘鏘!這裏就是影王村,是我最最最引以為傲的故鄉。為了能讓大家瞭解影王村的全貌,我有個好提議!

布布路：登上村頭的小山坡，海拔高度 400 米。
對了，大姐頭的家就在山坡上哦，那可是我們村裏最豪華最寬敞的房子，看風景超好的！是吧，大姐頭？

賽琳娜（氣喘吁吁，送上白眼）：呼呼……甚麼意見都不想發表。

餃子（笑瞇瞇）：我說，布布路，你再這樣折騰下去，在參觀完影王村之前，我們會先累死呢！

帝奇（氣定神閒地坐在巴巴里金獅背上）：……無聊。

布布路：是這樣子嗎？但是你們不覺得很感動嗎？那邊……那邊就是焰角‧羅倫的紀念銅像！他長得很帥！很威武吧？還有他身後的火元素怪物始祖炎龍！無

敵了！

餃子（踮腳張望）：甚麼甚麼甚麼……我是看到了那個銅像，但是那個銅像長甚麼樣子，我完全看不清楚呢！

布布路：餃子你眼力好差啊！我平時在村裏是不能接近紀念銅像的，所以我都是在這裏看的哦！

餃子（眼中淚光閃閃）：布布路，你真是個好孩子！作孽啊……

賽琳娜（火冒三丈）：甚麼？他們居然這麼欺負人！你怎麼從來沒有告訴過我？

帝奇（推了一把布布路）：別囉唆了，今天必須就近參觀，我們都是客人！

布布路：午餐我們就在這邊的小樹林解決吧，順便介紹一下，沿着小溪走到山坡另一頭，就是我的家！喂喂喂，你們不要光顧着吃，先聽完我的介紹啦！

帝奇（斜睨一眼，掏出暗器）：閉嘴！

嘛嘛嘛……樹間有甚麼東西正在靠近。
咻——

布布路：啊啊啊……帝奇不可以啦！那

乘風高飛，爭分奪秒地追求理想，前進吧，我們會在命運的因緣下相遇。

MONSTER MASTER

# 影王村的由來

琉方大陸最東邊有一個神祕又偏遠的村莊。因為十影王之一——焰角‧羅倫的英雄傳說而被稱為「影王村」。村裏面的小孩子都夢想着長大以後能成為像焰角‧羅倫那樣了不起的怪物大師。住在山頭背陰面墓地裏的奇怪孩子——布布路就是其中一員。

我尋找着未來的地圖，為了抓住滿溢的夢想，才會飛越地平線！

我的朋友，諾奇！

嗨，諾奇，好久不見，你又蛻過

一層皮了嗎？你現在的樣子看上去比之前更花哨了呢！

帝奇（扭頭）：⋯⋯白痴。

餃子（詫異）：布布路，你和這種大蟒蛇是朋友？哦哦哦，好厲害哦！我也可以摸摸看嗎？

蟒蛇（繞上樹幹，內心獨白）：偶的天哪，那個一大早就愛亂唱歌的聒噪小子怎麼又回來了！真是麻煩⋯⋯這次還帶了不少同伴來！話說，我的名字甚麼時候變成諾奇了？

賽琳娜（在布布路頭上捶拳頭）：那是捷瑟蟒，琉方大陸東邊特有的一種蛇類，每年一到冬天就會進入冬眠期，春天時會完成蛻皮⋯⋯甚麼諾奇，你這個沒文化的傢伙！

## THE FOURTH STEP

布布路：嗚⋯⋯大姐頭，再給我一次表現的機會！讓我來給大家介紹一下我們影王村特有的魚食材！瞧，溪水很清澈，可以看到裏面的各種魚類，還有我最愛吃的虎紋石斑，肉質鮮美，魚刺少，而且它們總是成羣結隊地出沒，一抓就能抓很多哦！

對了，教大家一個很簡單的捕魚方法，找一個丫形的堅固樹枝，脫下自己的外套，綁在樹枝的兩

個枝杈上，形成一個兜，然後用它去撈魚！

如果是兩人行動的話，其中一個人可以負責趕魚，這樣能提高成功率哦！我和大姐頭就曾經通力合作，一下子抓了28條魚哦！

餃子，帝奇，你們要試試看不？

四不像（從棺材裏跳出）：布魯！布魯！布魯！

餃子（攤手）：也只有這個時候，它才會出現！

## THE FIFTH STEP

布布路：噠噠噠噠，我一定要隆重介紹一下，這裏⋯⋯這裏就是我從小到大一直住的地方！影王村的基地——

咦咦咦，餃子你怎麼了？怎麼臉色那麼難看？是剛剛抓魚太辛苦，還是吃魚吃撐了啊？

哎呀呀，帝奇，你別走啊！

我還沒說到關鍵的地方呢！

帝奇（不停踢腳踢腳）……：你很煩呢！不要抱着我的腿！

賽琳娜（下巴一橫，指向邊上挖到一半的墓坑）：豆丁小子，考驗你的時候到了，試試看把這個墓坑挖完吧！不多不少，正好長寬為2米×2米！

帝奇（遞白眼）：……

哐噹——那把比帝奇還高的鏟子掉在地上，帝奇傻了眼。

賽琳娜（抱肚子）：哇哈哈……很重吧？很重吧？當初我拿的時候也差點被壓趴下！

布布路：哎呀呀，帝奇，你不要臉紅啊，這沒甚麼的，想當年我5歲的時候也是不行的呢，爺爺說多練兩年就好了，果然到了我7歲的時候，挖坑填坑就變得很熟練了……帝奇，你去哪裏啊？今晚不是說住我家嗎？喂！喂！喂！

## THE SIXTH STEP

布布路：這是我的家，嗯，外形看起來的確有點歪歪扭扭……爺爺當年說過，房子要順勢而造，所以就順着大樹的生長走勢來建的！

餃子（摸下巴）：一般的樹也不會長得這麼糾結吧！難道是因為它長在墓園裏，所以吸收了屍體的養分……

帝奇（扭頭走）：……

賽琳娜（哈哈大笑）：哎呀呀，原來豆丁小子怕鬼啊！

布布路：很晚了呢，別鬧了，大家該熄燈睡覺了！

乘風高飛，爭分奪秒地追求理想，前進吧，我們會在命運的因緣下相遇。

# MONSTER MASTER
### Especially written for kids aged 9-14

# LEON IMAGE Author Introduction

# 未能述說的世界

恭喜恭喜！『查理九世』累計銷量500萬冊，全國好評熱賣中！

（90度鞠躬感謝！請大家繼續支持我！）

## 【雷歐幻像小檔案】

- ●本名：祕密
- ●筆名：雷歐幻像
- ●血型：B
- ●身高：176cm
- ●體重：不知道（據知情人士爆料：最近體重持續飆升中，快減肥吧！）
- ●特長：發呆、裝傻
- ●興趣：養小動物、看書

- ●喜歡的食物：白米飯
- ●喜歡的運動：睡覺（聽說這傢伙很懶）
- ●愛看的書：多啦A夢、伊藤潤二的恐怖漫畫系列
- ●代表作：「查理九世」系列、「怪物大師」系列

## Special interview

**Q01. 您寫「怪物大師」的初衷是甚麼呢？**

我小時候的樂趣之一就是做夢，「查理九世」可以說是我的噩夢合集，裏面的內容都是小小的我害怕和好奇的東西，「怪物大師」則是我的美夢合集，如果說每個小孩子都有個英雄夢，我心中的英雄就是「怪物大師」。

**Q02. 那您是否陷入過美夢與噩夢並存的狀態？意思是，當您面對需要同時進行「怪物大師」和「查理九世」創作的時候，您是如何協調的呢？**

在美夢和噩夢之間，我被激發了新的靈感，另外，「查理九世」第一部

其實我早就寫完了，請讀者們慢慢期待……

**Q03. 對於「怪物大師」中的角色，您有甚麼要說的嗎？**

嗯……關於墨多多、堯婷婷、虎鯊和扶幽他們這個隊伍嘛，我覺得……啊！甚麼？「怪物大師」的主角不是他們嗎？那這部書的主角是誰？難道我穿越了嗎？

**Q04. 用一句話形容「怪物大師」這部作品？**

愛與夢想的冒險故事。:-D

**Q05. 在寫書的過程中您最喜歡哪**

**LEON IMAGE 雷歐幻像 CHARLIE IX 查理九世的世界**

個環節?

我只能說,我挺討厭寫書的,寫字打字其實一個是體力活,我更加喜歡用想的⋯⋯我希望編輯部能派遣一個專門的編輯給我,我説話他來記錄就好了。(工作組的各位同事經常包容我的任性,真是十分感謝大家)

**Q06. 不寫文的時候您都幹甚麼?**

甚麼都幹,我愛好挺廣泛的,拼拼模型,打打遊戲,發發呆,餵餵社區裏面的小貓,儘管我都不知道它們長甚麼樣子,因為貓糧放在碗裏,小貓們都是半夜來吃的,呃⋯⋯其實我也不確定那些貓糧真是小貓吃了。

**Q07. 最近有甚麼願望?**

我希望 Michael Jackson 能復活!好吧,我知道這是不可能的,我也是如實回答願望而已。

**Q08. 最想要的東西是甚麼?**

錢!甚麼?沒有!那好吧,可以的話請多給我一些時間。

**Q09. 您有甚麼特技嗎?**

我的特技嘛⋯⋯有很多,我最近在修煉「如來神掌」⋯⋯啪!啪!(擊出兩掌)

**Q10. 最後,有甚麼想對小讀者們說的嗎?**

當你看到這段文字的時候,説明你已經購買了這本書,我很欣慰地告訴你,你做出了你人生一個非常正確的決定!你購買了一本好書!恭喜你!

**【已出版作品】查理九世·墨多多謎境冒險系列**

●第一卷「謎境徽章之旅」
第 1 冊《黑貝街的亡靈》
第 2 冊《恐怖的巫女面具》
第 3 冊《惡靈棲息的烏鴉城》
第 4 冊《法老王之心》

●第二卷「戰慄追蹤之旅」
第 5 冊《惡魔醫務室》
第 6 冊《吸血鬼公墓》
第 7 冊《青銅棺的葬禮》
第 8 冊《白骨森林》

●第三卷「黃金地圖之旅」
第 9 冊《羽蛇神的黃金眼》
第 10 冊《最後的古寺神佛》
第 11 冊《冥府之船》
第 12 冊《失落的海底城》

●第四卷「祕境珍寶之旅」
第 13 冊《鬼公主的嫁衣》
第 14 冊《幽靈列車》
第 15 冊《海龜島的狩獵者》
第 16 冊《不死國的生命樹》

# Comic Theater

「怪物大師」四格漫畫小劇場

**！怪物大師の訓寵計劃**

Comic：潘培輝 /Story：黃怡崢

# 雙子導師的教學課

（成為怪物大師必須知道的知識！）

## ！丁零零！上課了！

【元素系】：通過對於元素的控制作為主要戰鬥手段。除了我們所熟悉的最古老的四大元素土、水、火、氣之外，還有神祕的第五元素——紐瑪（Pneuma）。比較具象地理解紐瑪的方式就是——諸如力量、感覺、想像、顏色、氣味、濃度、溫度等全是物質性的，都是由第五元素紐瑪進入物質而生成的。擁有控制紐瑪能力的怪物，是非常稀有的，它們可以掌握黑暗、光明、雷電、岩漿等特殊技能。通常元素系的怪物都很強。

【物質系】：通過物理方式作為主要戰鬥手段。強壯、敏捷、高傷害和高防禦是這個系怪物的主要特徵。後期發展方向是特別強化怪物身體的某個部分，或者整體強化。

【超能系】：超越了元素系與物質系本身，具備了超常的能力（可以理解成超能力），比如說變身、模仿、讀心術等。

水精靈 Water elf
攻擊指數：55
防禦指數：65
系別：元素系
級別：D 級

四不像 None name
攻擊指數：78
防禦指數：72
系別：物質系？
級別：D 級

藤條妖妖 Cane YoYo
攻擊指數：62
防禦指數：60
系別：物質系
級別：D 級

巴巴里金獅
Golden lion Babali
攻擊指數：80
防禦指數：65
系別：物質系
級別：C 級

| | 火主日 | 水主日 | 土主日 | 風主日 | 地主日 | 天主日 |
|---|---|---|---|---|---|---|
| 早課 | 怪物基本知識培訓 | 動植物鑑賞 | 歷史課 | 藥劑課 | 元素基礎課 | 休息 |
| 晚課 | 怪物技能實踐 | 戰術課 | 個人體能訓練 | 自修 | 自修 | |

來自時空盡頭的怪物們擁有各種特殊能力，它們賭上生命的榮耀，只為召喚唯一的主人……

# Monster Warcraft

## 「怪物對戰牌」使用說明書

> **基本資訊：** 單冊附贈 16 張卡牌。集齊 64 張即可開始遊戲。
> **遊戲人數：** 2 人　　**遊戲時間：** 5 — 20 分鐘

人物牌：4 張　　怪物牌：12 張　　基本牌：34 張　　元素牌：10 張　　特殊物件牌：4 張

GAME START 成為『怪物大師』就要憑實力！

來場精彩的雙人對戰吧！洗牌開始！

## 【遊戲描述】

❶將人物牌洗混，玩家抽取 1 張人物牌，確定自己的人物血量值。（人物牌的組合技能在二人對戰時不適用）

❷將怪物牌洗混，玩家抽取 1 張怪物牌，確定自己所擁有的怪物。

將怪物牌置於人物牌的上面，露出當前的血量值。（扣減血量時，將怪物牌右移擋住被扣減的血量值）

❸將其餘的基本牌、元素晶石牌、特殊物件牌等洗混，作為牌堆放到桌上，玩家各摸 4 張牌作為起始手牌。

❹遊戲進行，確定先出牌的玩家從牌堆頂摸 2 張牌，使用 0 到任意張牌，加強自己的怪物或者攻擊他人的怪物。但必須遵守以下兩條規則：

◆每個出牌階段只能使用一次【攻擊】。

◆任何一個玩家面前的特殊物件區裏只能放 1 張特殊物件牌。

每使用 1 張牌，即執行該牌上的屬性提示，詳見牌上的說明。

遊戲牌使用過後均須放入棄牌堆。

❺在出牌階段，不想出或沒法出牌時，就進入棄牌階段。此時檢查玩家的手牌數是否超過當前的人物血量值（手牌上限等於當前的人物血量值），超過的手牌數需要放入棄牌堆。

❻回合結束，對手玩家摸牌繼續進行遊戲……直至一名玩家的血量值為 0（即死亡）。

❼判定的解釋：摸牌階段，對要進行判定的牌需要進行判定，翻開牌堆上的第一張牌，由這張牌的顏色來決定判定牌是否生效。

❽若遊戲未分出勝負，但牌堆的牌已經摸完，則重新將棄牌堆的牌洗混後，作為牌堆繼續使用。（還等甚麼，趕快開始試玩怪物對戰牌吧！）

今年我們班上最流行的就是怪物對戰牌遊戲了！

# Monster Warcraft

「怪物對戰牌」祕技大公開——編輯部成員的試玩心得！

**!** 基本資訊：單冊附贈16張卡牌。集齊64張即可開始遊戲。
遊戲人數：2人　　遊戲時間：5－20分鐘

快叫上婷婷、扶幽、虎鯊，一起玩怪物對戰牌去！

1. 特殊物件牌區
2. 人物牌區
3. 怪物牌區
4. 手牌區

## 如何使用好「四不像」這張牌？

只要記住一句話，你就能輕鬆玩轉這套怪物對戰牌！

沒錯，取勝的關鍵就是：每回合開始，首先要讓自己立於不敗之地！（一定要有保命的手牌在手，不要一下子全部出光啊！否則到時就只能處於被攻擊的劣勢，一旦被攻擊到4點血值全失，就等於輸了，更何談取勝之說呢！）

接下去，讓我們來做一下「四不像」的技能分析：

認真想想，四不像的攻擊力肯定是強過了防禦力，只是這個攻擊力在二人對戰時並不具備很大的優勢。

在34張基本卡牌中，有12張【防禦】牌，12張【攻擊】牌。其中，紅色【攻擊】牌只有3張。當你將紅色【攻擊】牌當成【雷石】牌使用時，在二人對戰時，對於對手的傷害等於或略大於單張【攻擊】牌。但是在羣體戰時，四不像的雷電攻擊就會變成一個相當了不起的羣殺技能。相信在「怪物大師」5－8部升級版的4人對戰中，你可以體會到這一點。

另外，從防禦上來說，10張元素晶石牌中有2張【雷石】牌，而【雷石】牌的電閃雷鳴招數對你無效，在二人對戰時，對手若是摸入這張手牌就相當於摸入了一張廢牌。對於玩家一回合只能摸2張手牌的規則來說，對手可是吃了很大的虧哦！

（明白了嗎？還等甚麼，趕快拉上你的朋友開始試玩「怪物對戰牌」吧！）

□ 責任編輯：郭子晴
□ 裝幀設計：高 林
□ 排　版：時　潔
□ 印　務：劉漢舉

# 怪物大師
## ——穿越時空的怪物果實

□
著者
雷歐幻像

□
出版
中華教育

香港北角英皇道 499 號北角工業大廈一樓 B
電話：(852) 2137 2338　傳真：(852) 2713 8202
電子郵件：info@chunghwabook.com.hk
網址：http://www.chunghwabook.com.hk

□
發行
香港聯合書刊物流有限公司

香港新界大埔汀麗路 36 號
中華商務印刷大廈 3 字樓
電話：(852) 2150 2100　傳真：(852) 2407 3062
電子郵件：info@suplogistics.com.hk

□
印刷
美雅印刷製本有限公司

香港觀塘榮業街 6 號 海濱工業大廈 4 樓 A 室

□
版次
2014 年 12 月第 1 版
2020 年 4 月第 1 版第 5 次印刷
© 2014 2020 中華教育

□
規格
大 32 開 (210 mm × 140 mm)

□
書號
ISBN：978-988-8310-61-6

本書經由接力出版社獨家授權繁體字版
在香港和澳門地區出版發行